写给时光的情书

恒兰 —— 著绘

海豚出版社
DOLPHIN BOOKS
中国国际传播集团

目 录

恋恋裙 　　　　　　　　　　　　　1

指甲森林——牧白和淑彩 　　　　　21

鲸花 　　　　　　　　　　　　　51

孩子气是一首不押韵的歌 　　　　　69

修补时光 　　　　　　　　　　　89

树抱流星 　　　　　　　　　　　107

榴梿戒指 　　　　　　　　　　　137

兔子小姐 　　　　　　　　　　　159

我是蜜桃，一个沉迷于画画的女孩。辞掉之前平平无奇的工作后，我打算为自己策划一次完美而华丽的冒险。我经过层层面试，终于得偿所愿，进入一个心仪已久的漫画工作室画画。

一同进入工作室的还有一个叫叶梓的男孩，一个有文案功底的插画设计师。

以为找到了至爱工作的我，很快就被现实打击得体无完肤。入职时恰逢工作室满档，大家开始没日没夜地赶稿。不到一个月，我开始出现轻微的失眠。夜深人静时，手上的稿子已经大功告成，我躺在家里舒适的大床上，盯着天花板上胖月亮一样的灯，告诉自己数完100只羊就可以安然入睡。然而凌晨过后，我睁开微闭的眼睛，依然看见胖月亮对我微笑。

第二天上班，熊猫眼总在告诉所有人，昨晚我又和星辰做伴到深夜了。

叶梓的工位就在我的工位右边，他用脚蹬着地板带动靠背椅，将自己送到我面前，告诉我他愿意给我发微信语音，每天讲一个睡前故事助我好眠。我同意做他的实验品，顺便测试一下他的文笔。我看了看他令所有女生羡慕嫉妒恨不起来的卧蚕眼，追加了一个命题——我要爱情故事。

当夜幕低垂，我收到了他的语音通话请求。第一个故事是《恋恋裙》。

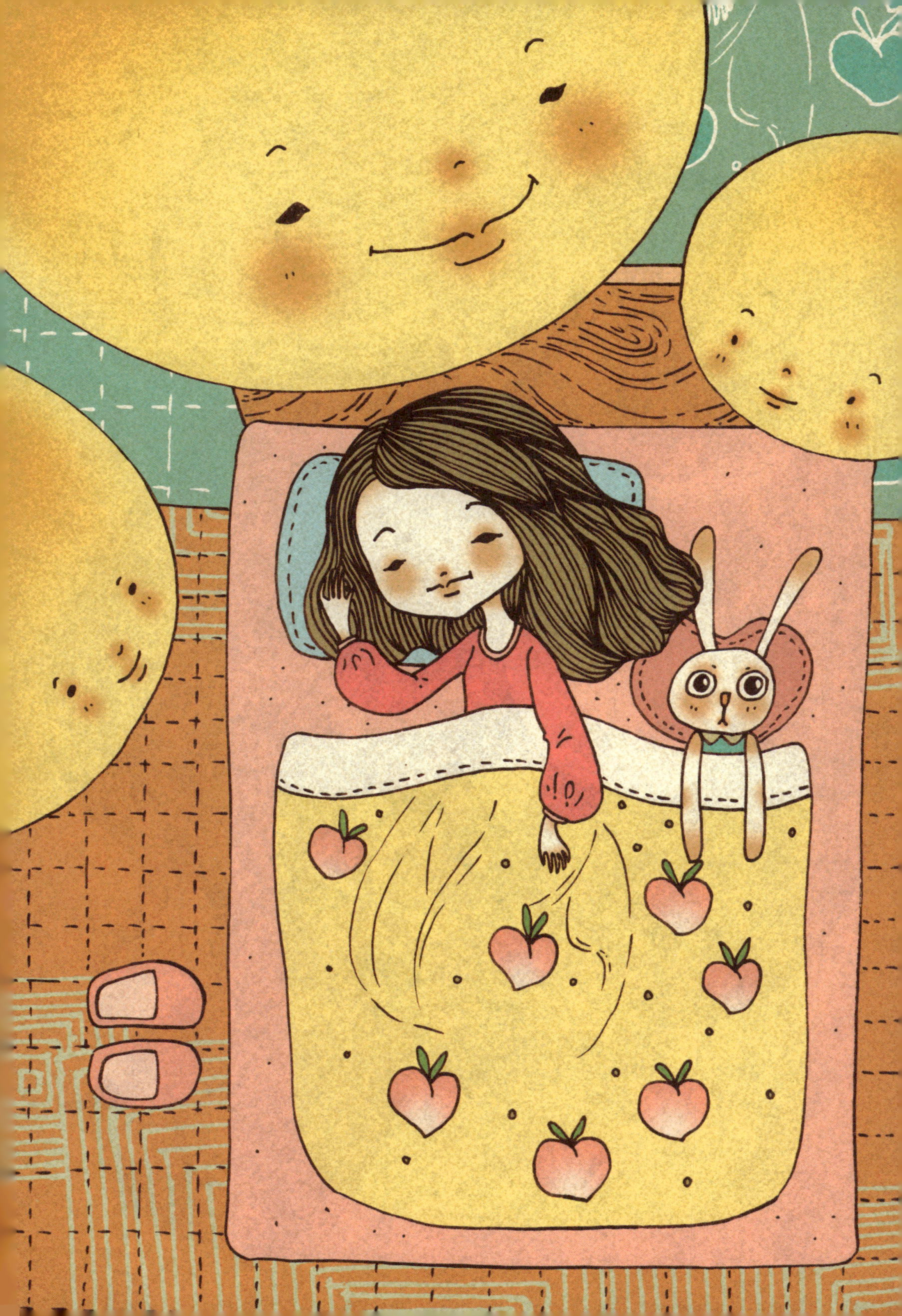

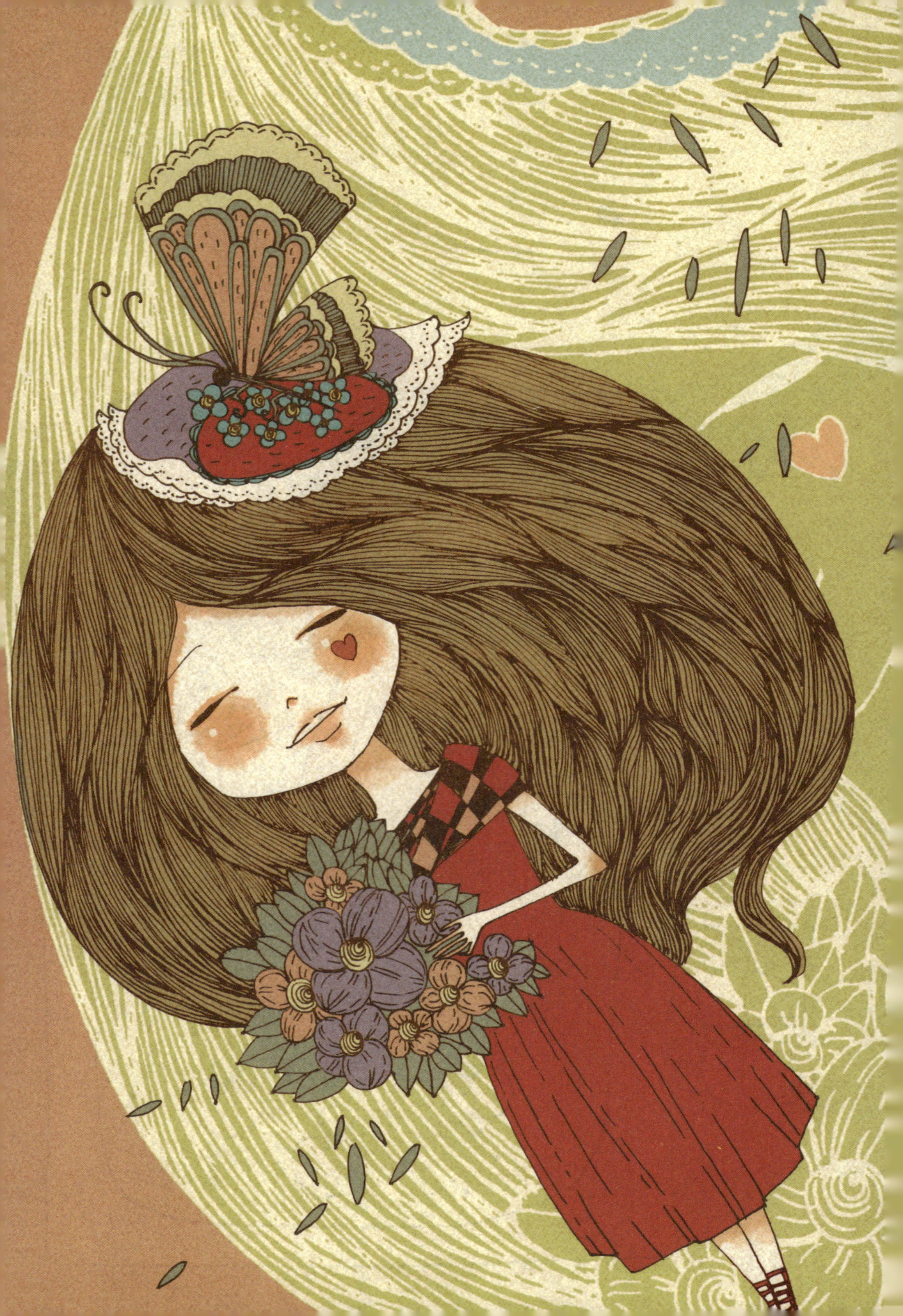

恋恋裙

有种爱情，转瞬即逝。不要停留，忘了就好。

早茶刚说早安，
树林的花就开满了城市的每个角落。
男孩为她积攒一捧热情，
女孩拥在怀中，
以为蝴蝶一定飞得过沧海。

为他煮咖啡，
为他做糕点，
女孩的发间有草叶的清香。

只要他喜欢，
一切都美满。

微笑过后，
恋恋裙飘起来，
被风拖长了一点点。

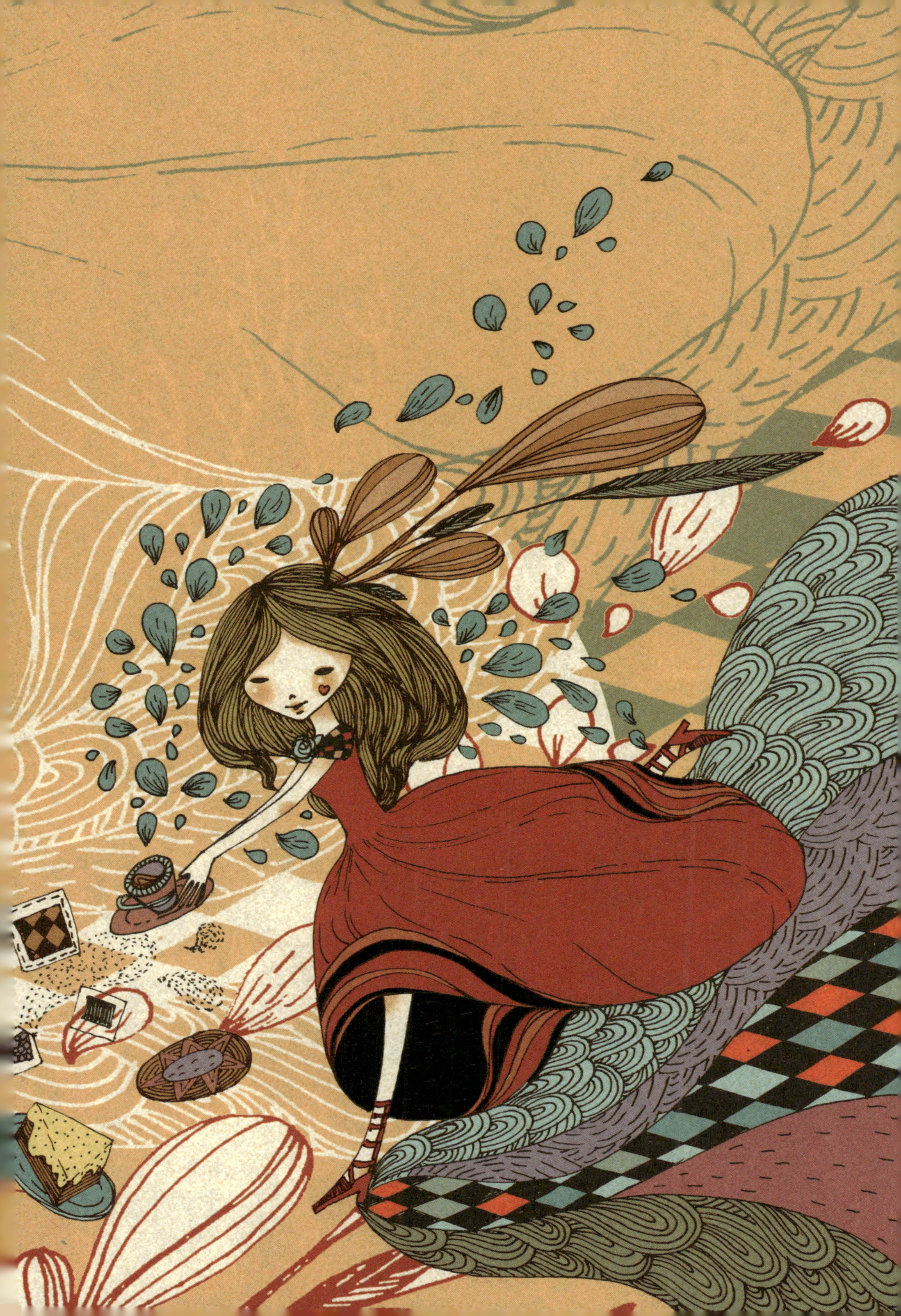

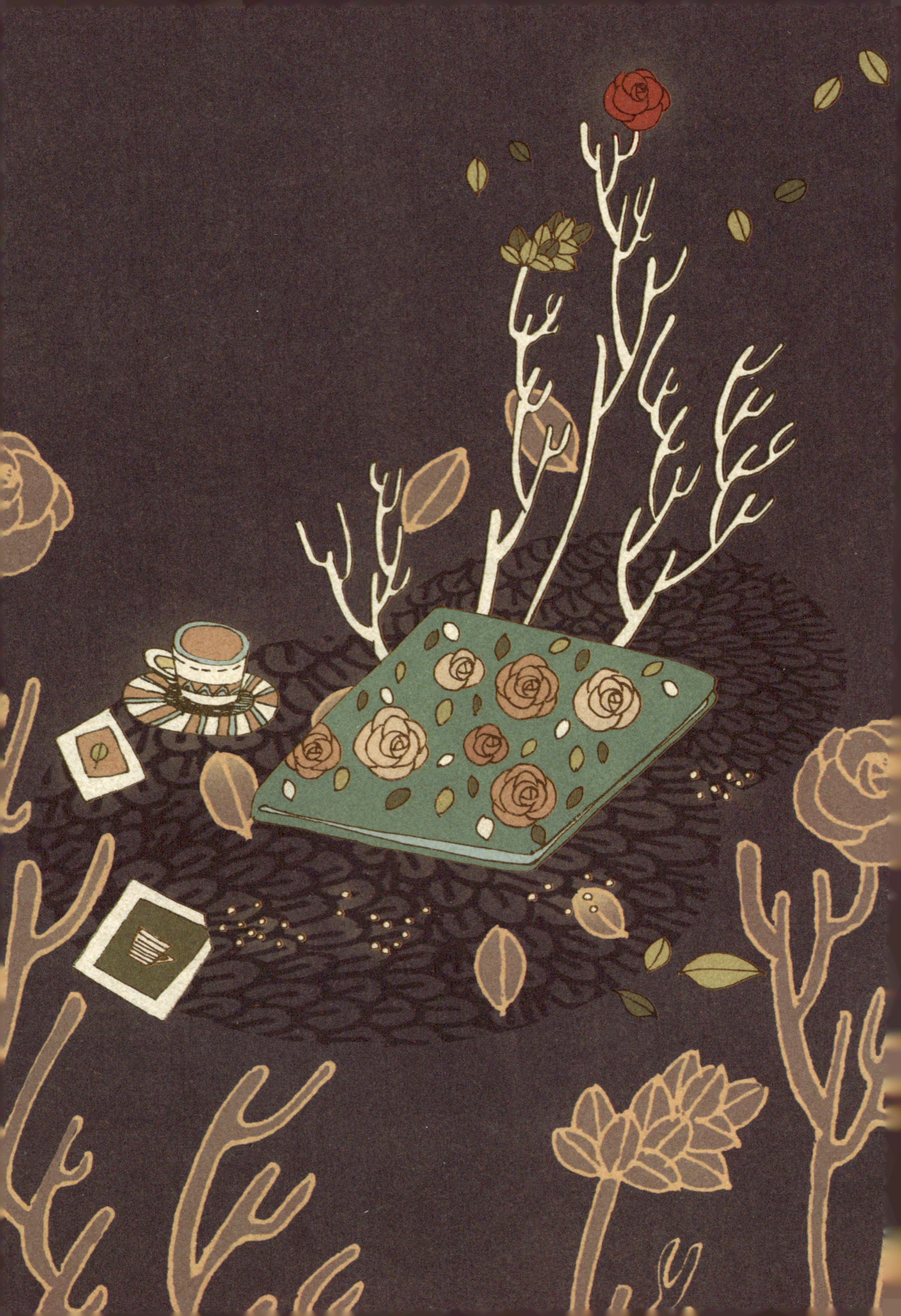

杯子盛满空气,
爱被妥善安放。

树托起花朵,
却无法供它生长。

善意的杰作,
总是美却残忍。

女孩在喧嚣中种一株月光，
举办失恋的演奏会。
兔先生指挥着寂静，
鸽子唱出叶子的芬芳。
忧伤过后，
恋恋裙渐渐垂下，
长成长裙的模样。

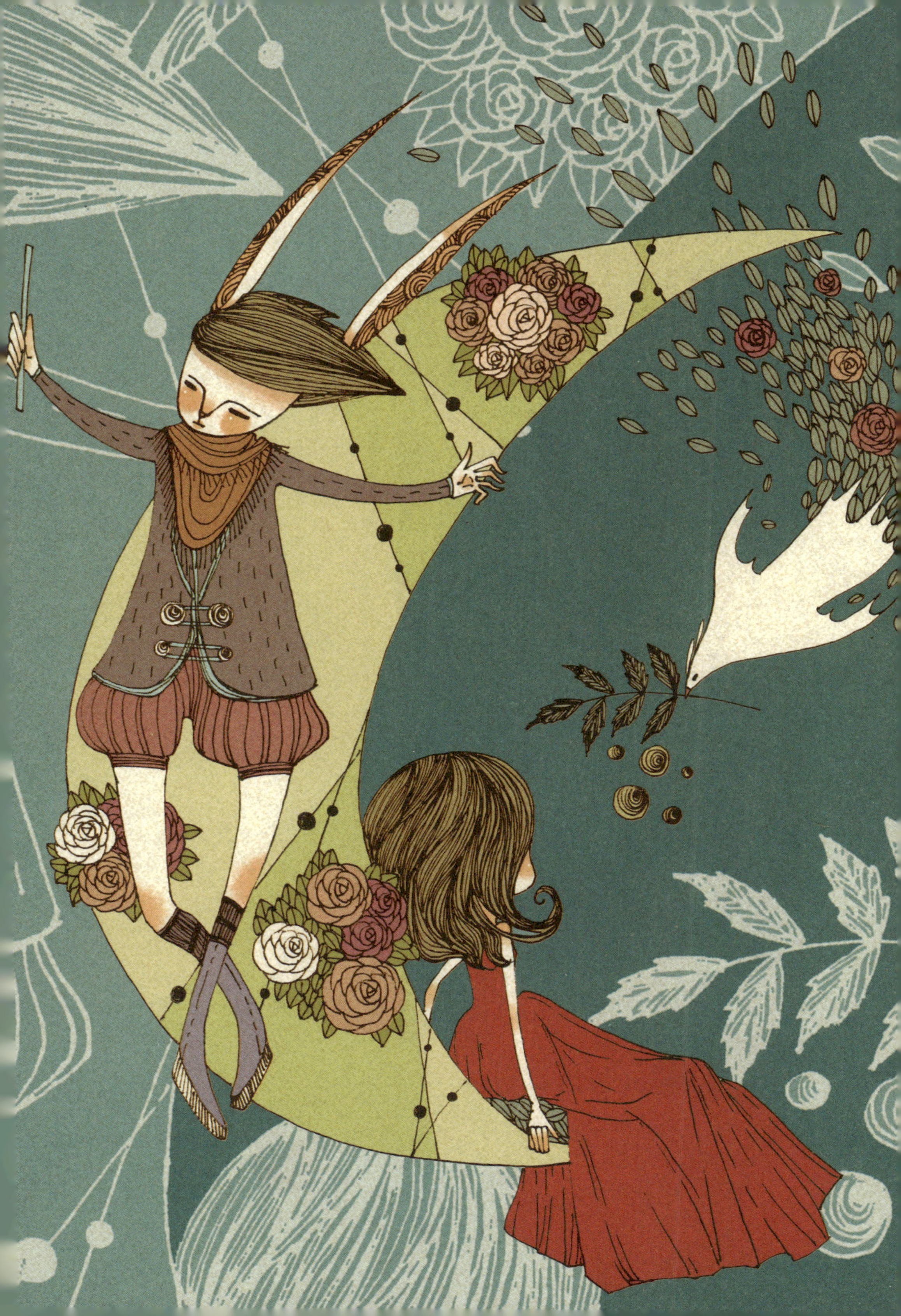

方向碎了,
裂成一片片迷茫。
花草疯长的速度,
赶不上戛然而止的乐曲。

有一丝不甘,
当女孩摆弄记忆的碎片,

越不舍,
越感伤。

眼角落下一滴雨水，
恋恋裙随之抖动，
长出一道柔和的边。

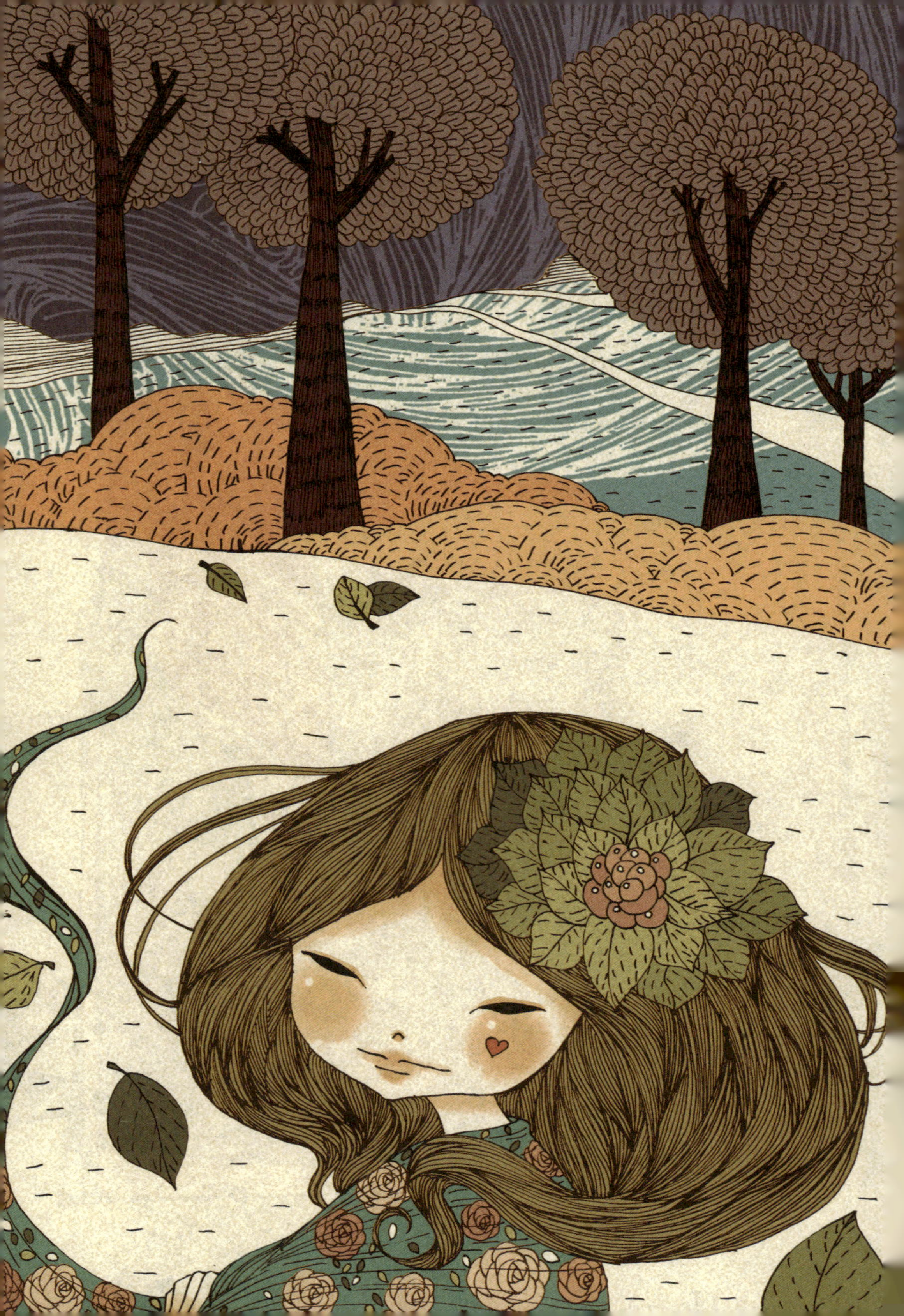

叶片长在呆板的树干上，
延展……延展……

化成无数圆满。
碎花丝巾为风伴舞。
没有歌声的夜，
是寂寞的城堡。

女孩倒在飘落的花瓣中，
残缺的思念也开始碎裂成歌。
恋恋裙又长了一些，
盖住小腿的肌肤，
显出浅色雏菊的图案，
淡得像云朵的色彩，
随着天边的呓语，
诉说晚安。

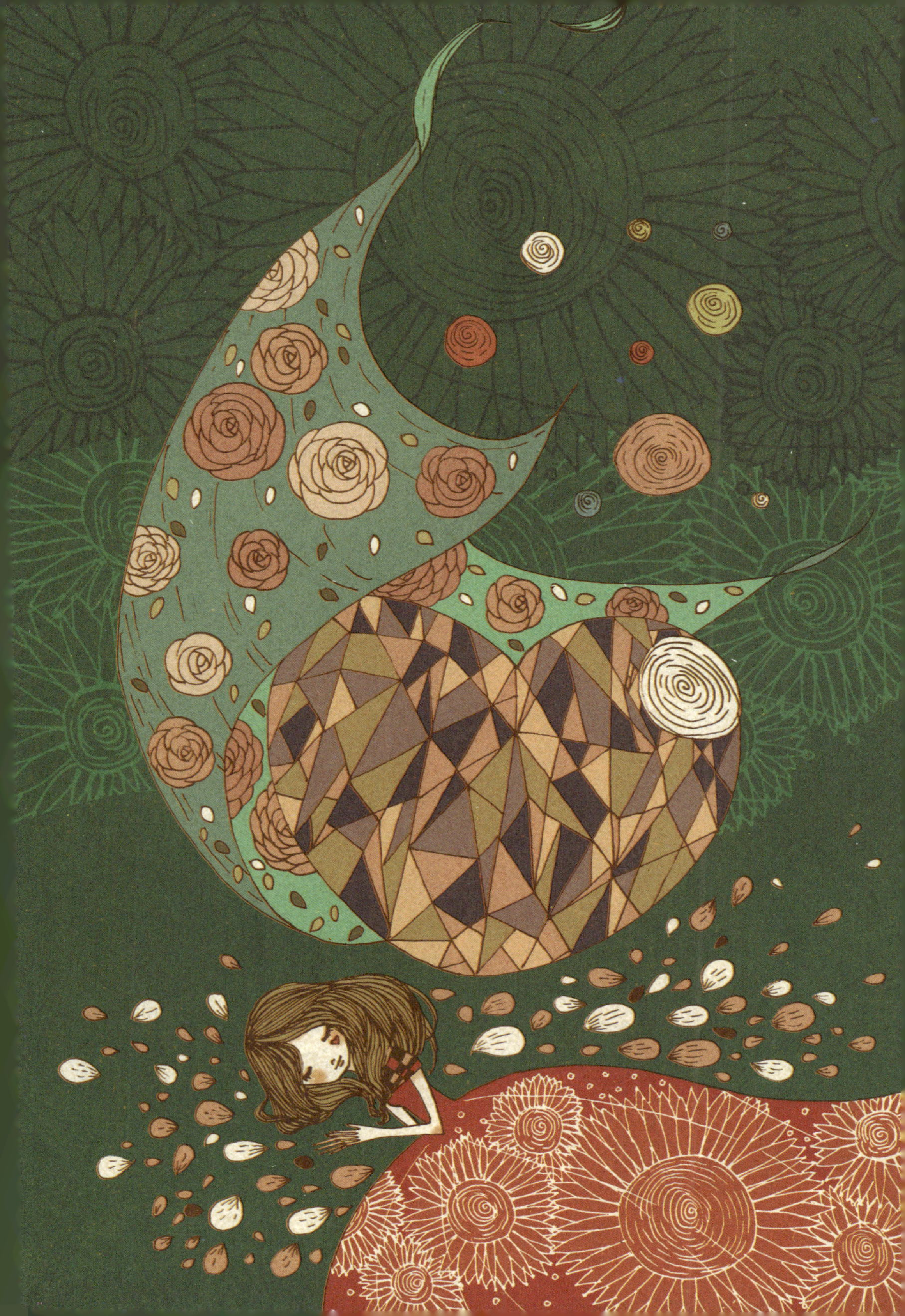

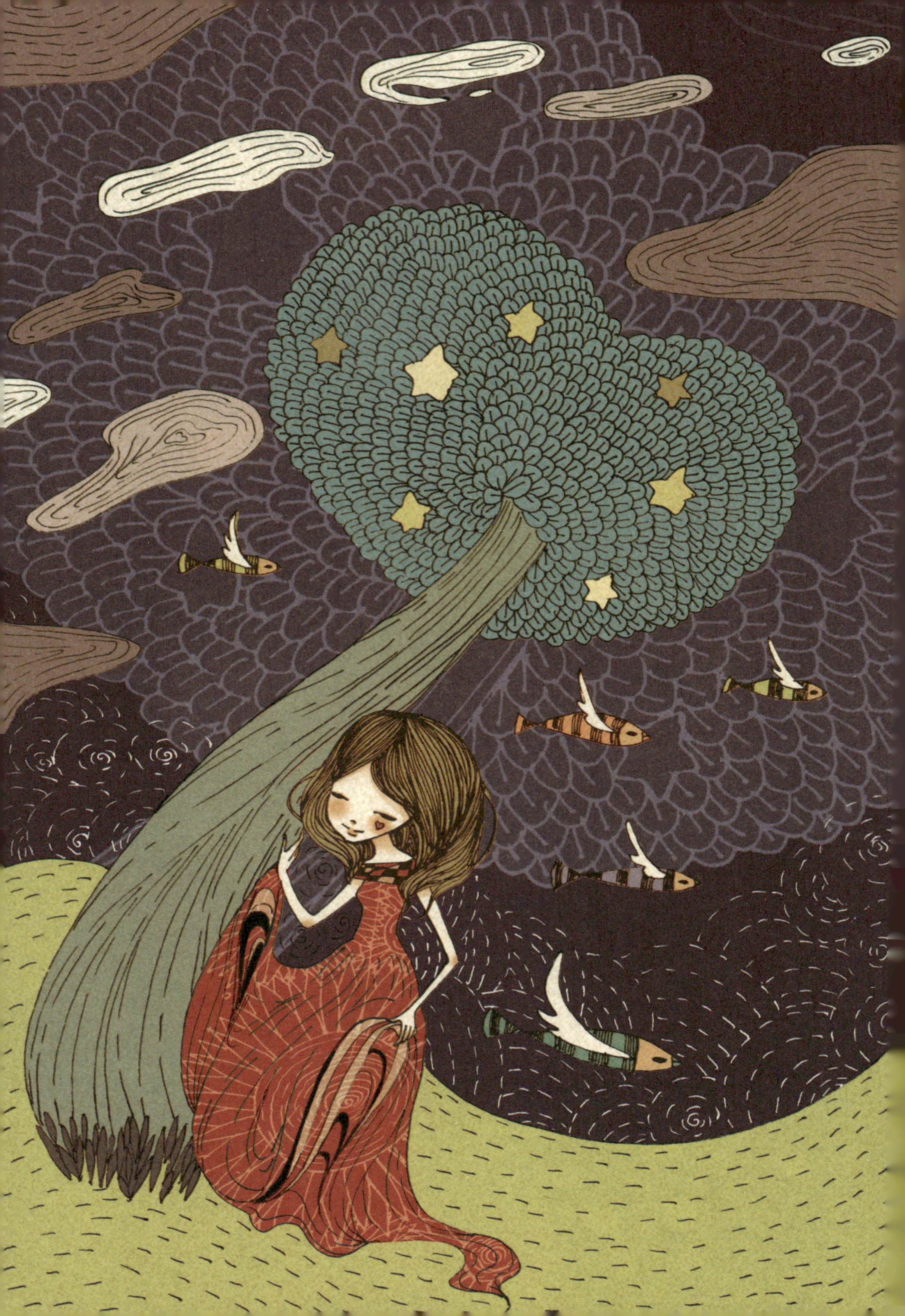

也许夜可以抚平落叶的脉络，
也许明天有人歌唱，
唱出微弱的默契。
女孩拖着恋恋裙，
等待它的改变。

梦中的恋恋裙，
从某处断开，
成了最初的短裙模样。
落下的部分，
融化成一面湖水，
镜子一样，
照出女孩妙不可言的成长。

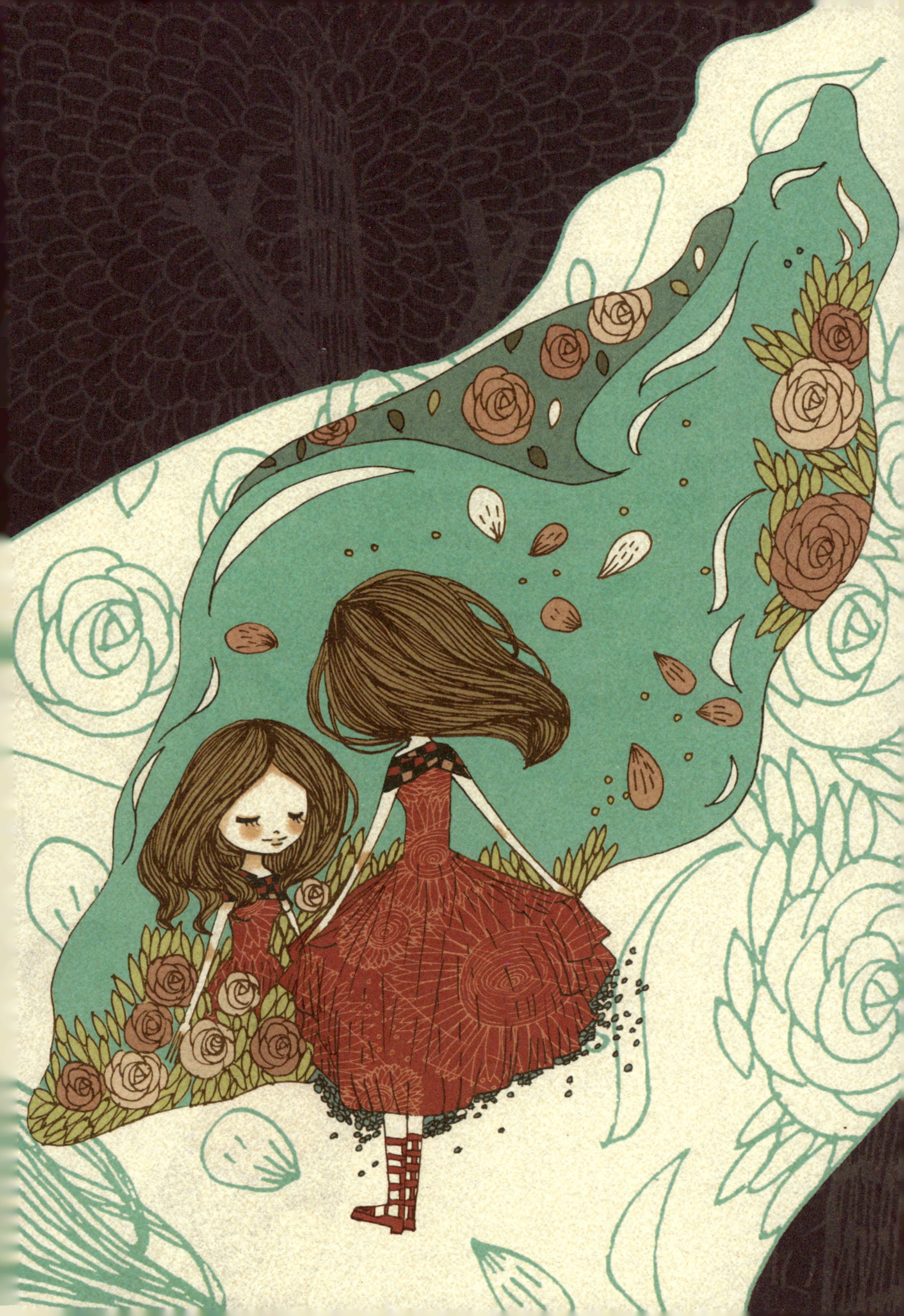

这是怎么了呢？白天艳阳高照，傍晚将至却大雨滂沱。没带雨具的我心情格外惆怅。我将扫描好的稿子整理了一下，放进抽屉里，拿着帆布袋走进电梯。一楼的门口站着一些人，都是摸不清老天爷性子的苦难同胞。我自嘲：雨后等待我的从不是彩虹，而是感冒。然后举起帆布袋准备冲进雨里，却被一把拽了回来，是叶梓。他撑着一把大伞，像一只举着荷叶的青蛙。

他今晚的睡前故事也与守护有关。

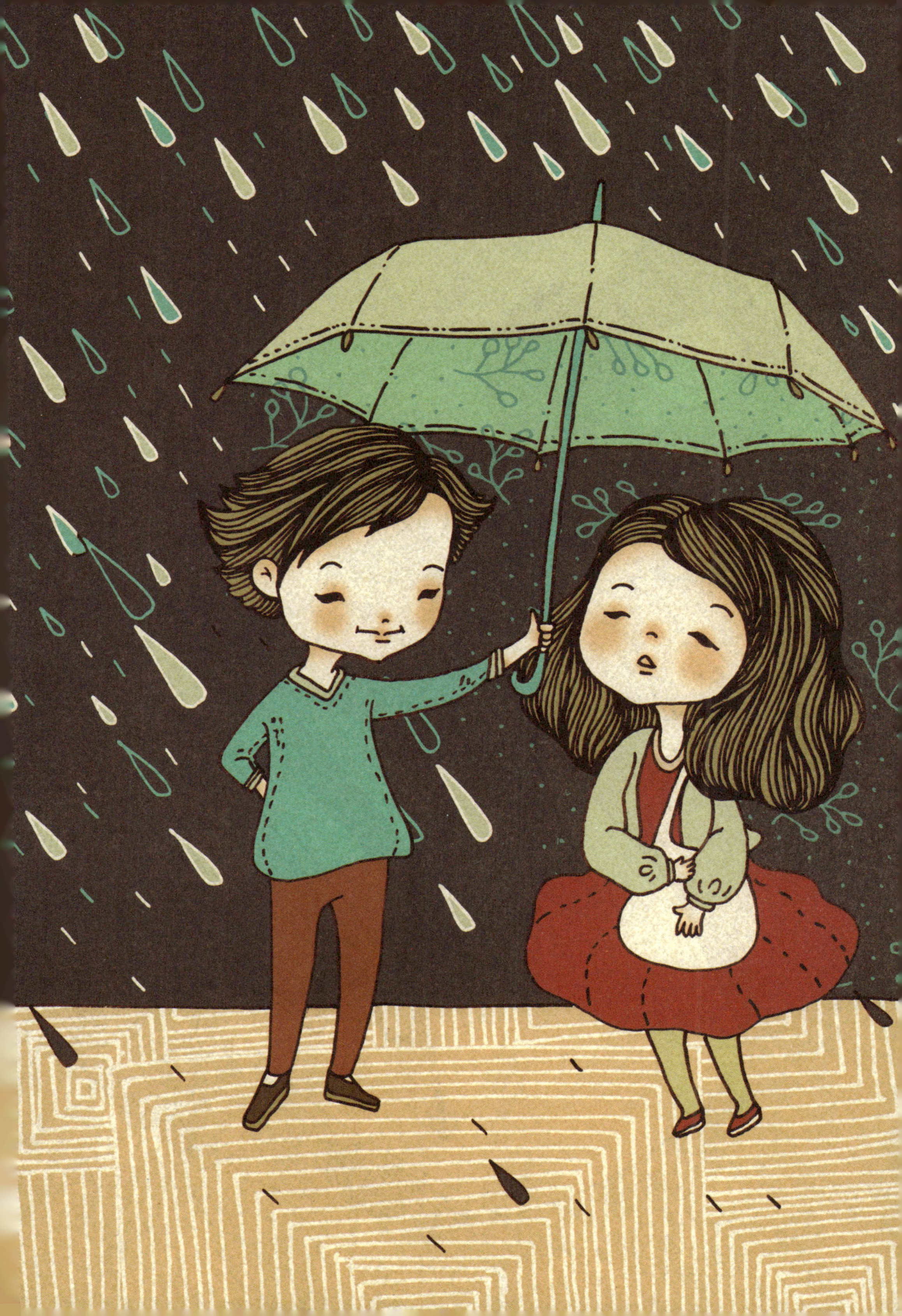

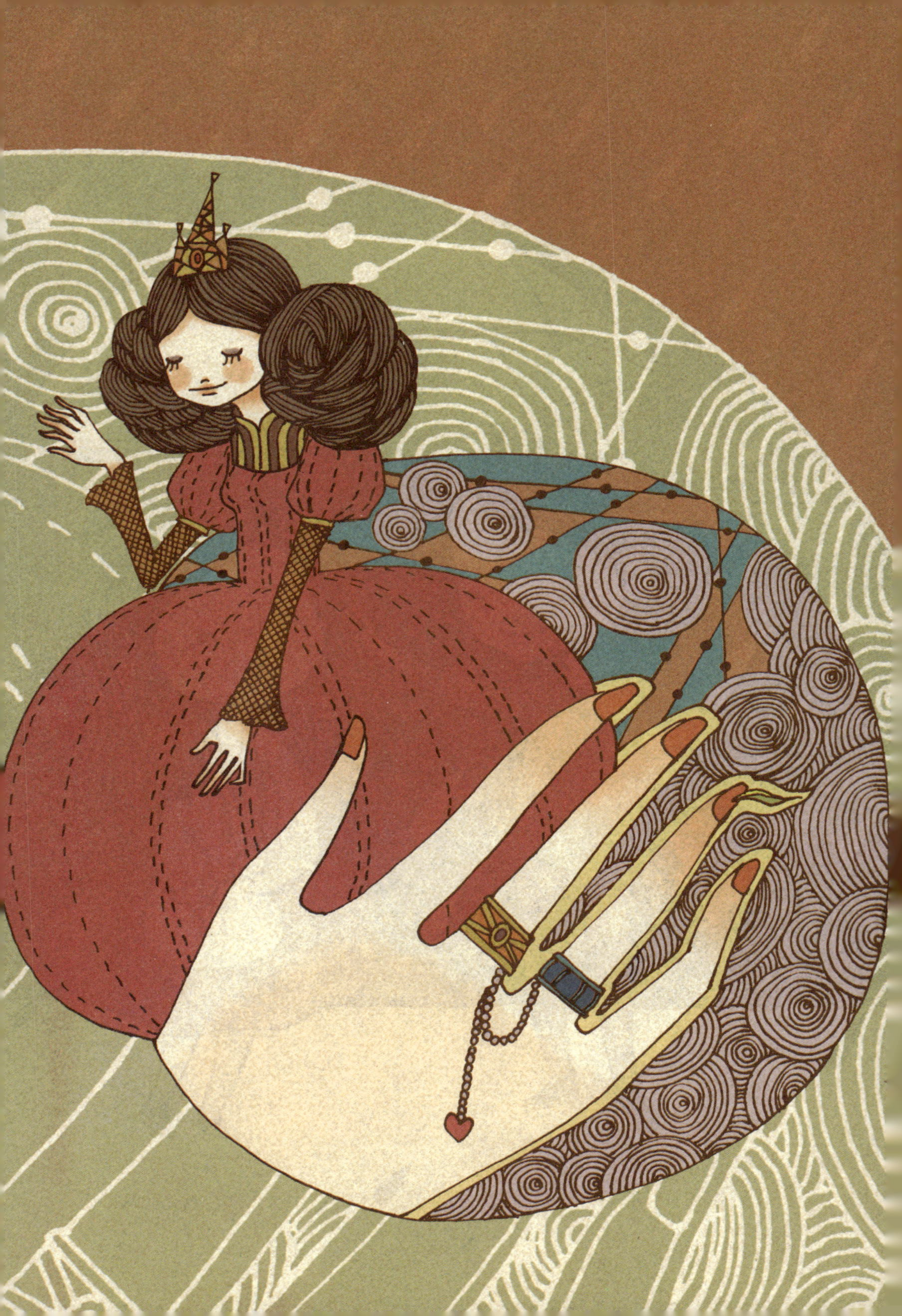

指甲森林——牧白和淑彩

有种爱情，是守护眼前的你，并对你微笑。

"王后的无名指指甲上，
开出了一片很小很小的草叶。

"王后欣喜不已,细心呵护。

很快,第二片,第三片……

草叶接连开始在指甲上疯长。

"王后盯着自己的指甲盖,乐得忘记了休息。

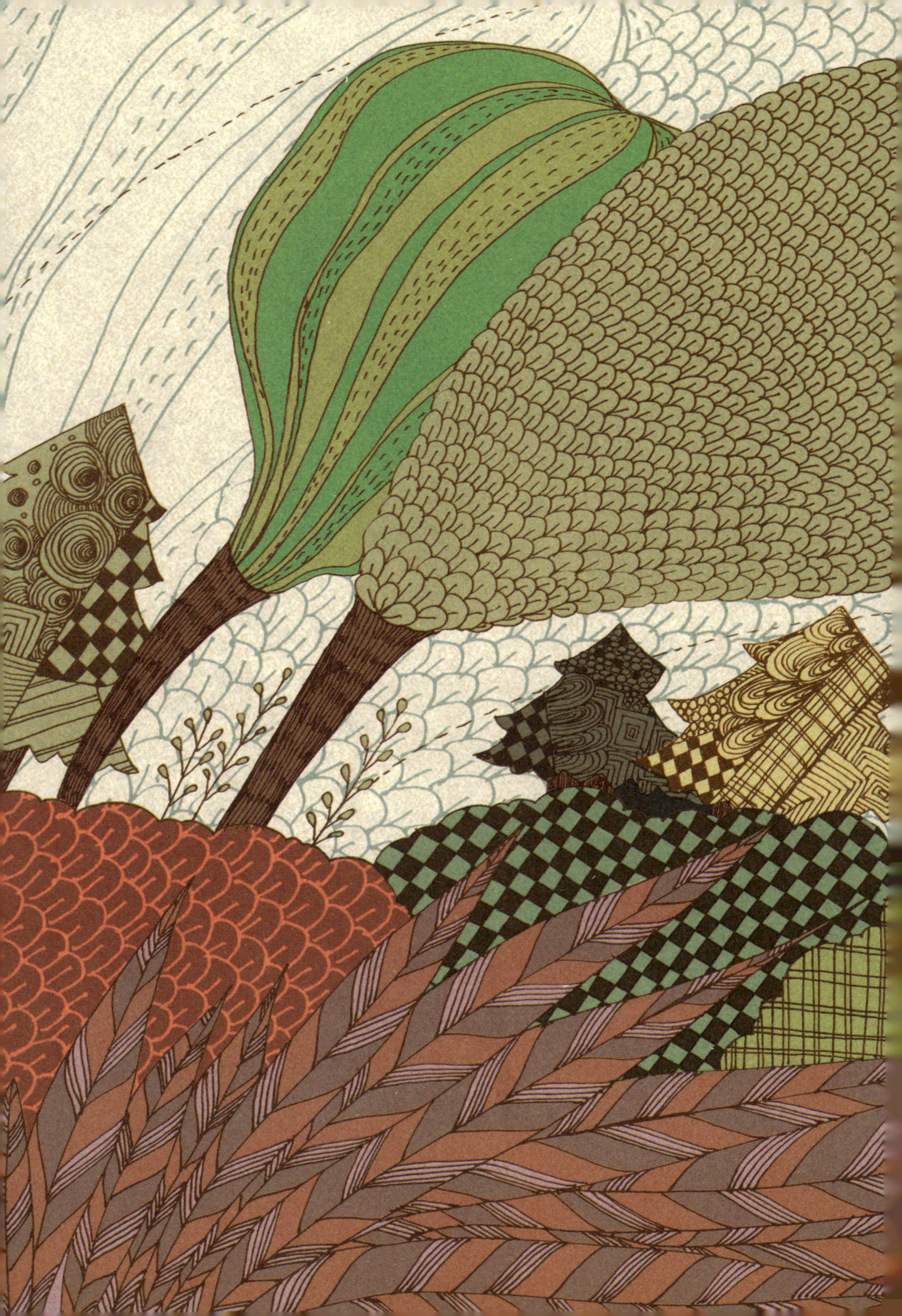

"过了一夜,草丛中竟然长出了一棵树。树开始接连疯长,很快就成了一片森林。

"随着时间的推移,
森林有了白天,黑夜,阳光,乌云。

"甚至有了鸟兽，
形成了斑斓多彩的世界。

"只是它很小很小，
只有王后的指甲那么大小。

"而小小世界形成的同时，
王后的宫殿之外，
草叶枯萎，生灵消亡。
蓝天灰暗下来，分不清是白天还是黑夜。

"王后却痴迷于自己的指甲森林,
对于发生的变故,
竟全然不知……

"国王封锁了消息,
不让王后的兴致受到一丝干扰。
国王自己也不知道,
这算不算溺爱,
但他深知王后的脆弱,
拼了命也要守护。

"流言蜚语开始在灰色的城外蔓延，
人们谩骂，
都说国王的守护近乎痴狂。

"国王独当一面,

把痛苦藏在内心深处,

在王后面前,给她一个好看的微笑……"

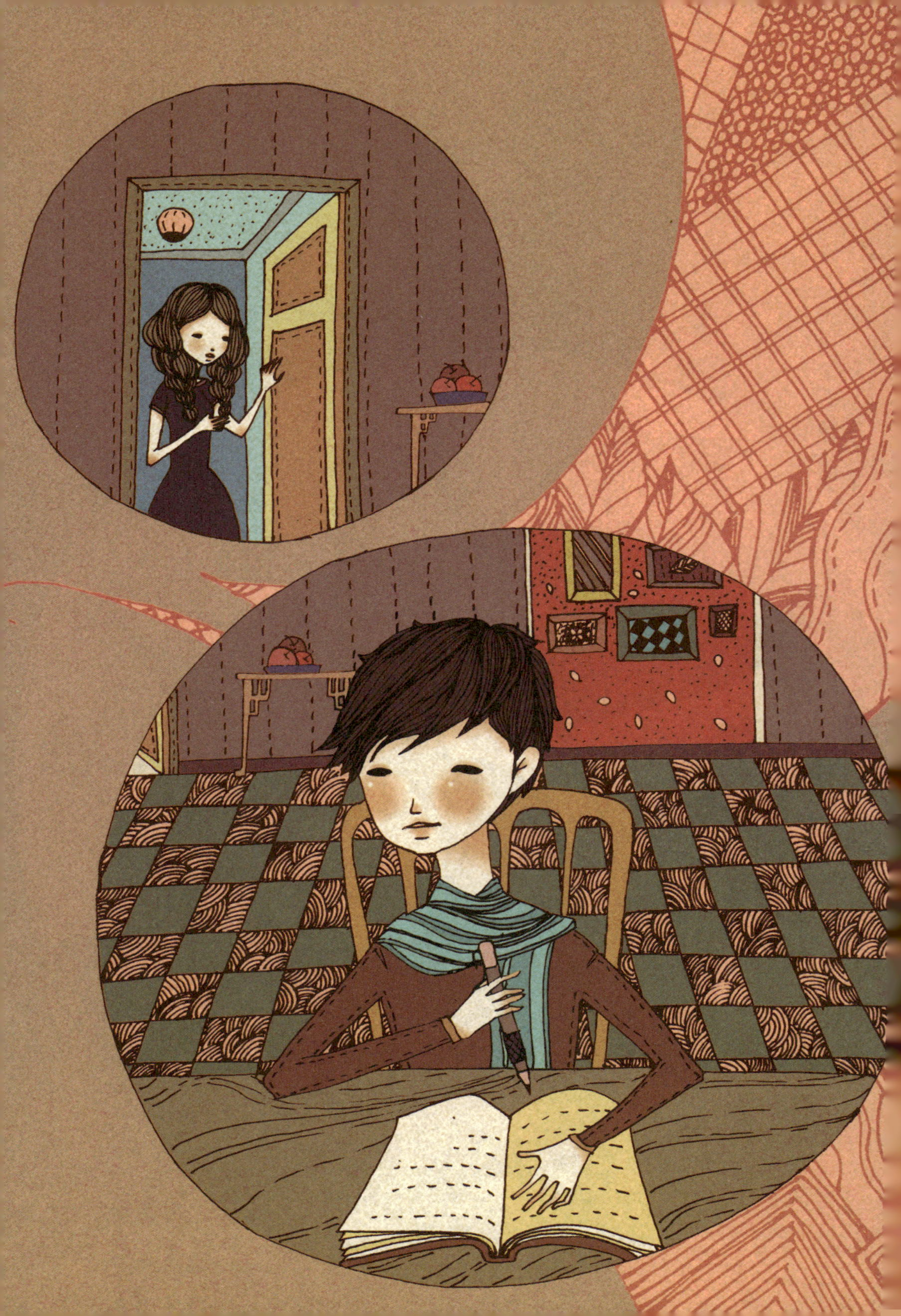

写到这里,牧白停下了笔。
因为房间里的淑彩
正咿咿呀呀地说些什么,
推开门走了出来。

"亲爱的，你要去哪儿？"牧白轻声地问。

淑彩不理他，

睁大眼睛不时地望着自己的指甲，

透出与青春年华不符的稚气。

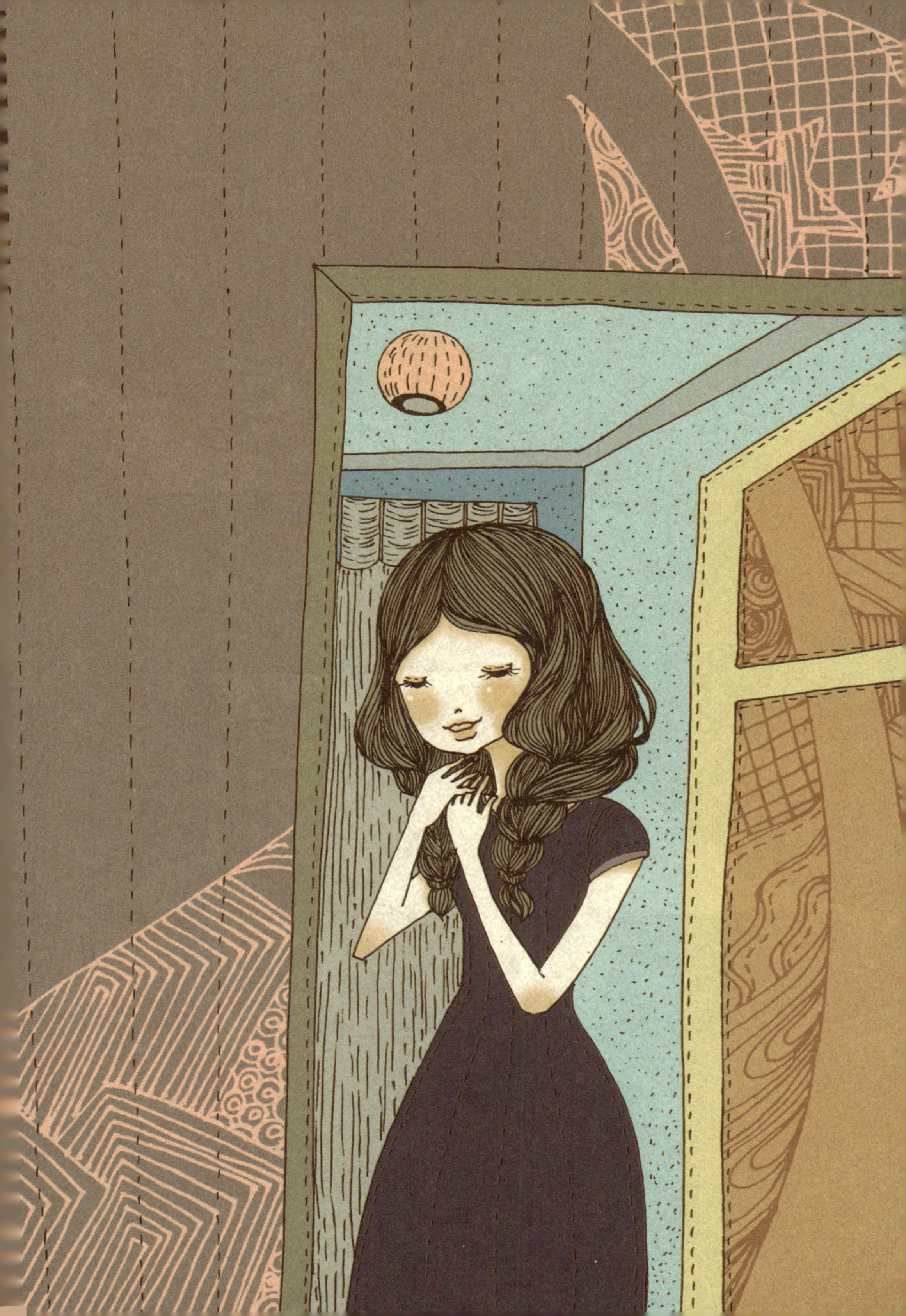

医生说过的，淑彩得了自闭症。

牧白用文字宣泄着自己的最后一点自私。

在他写的童话里，
牧白抱怨淑彩躲在自己的
小小世界里自得其乐，
却不管他的努力坚持，

现实残忍地枯萎着，
春天滋长的叶片已经凋零入土，
淑彩的病情，没有丝毫的好转。

牧白也想向淑彩宣泄
生活的忧伤,
善良却让他绝口不提。

淑彩伸出手，
给牧白看
自己无名指上的
酒红色的指甲。

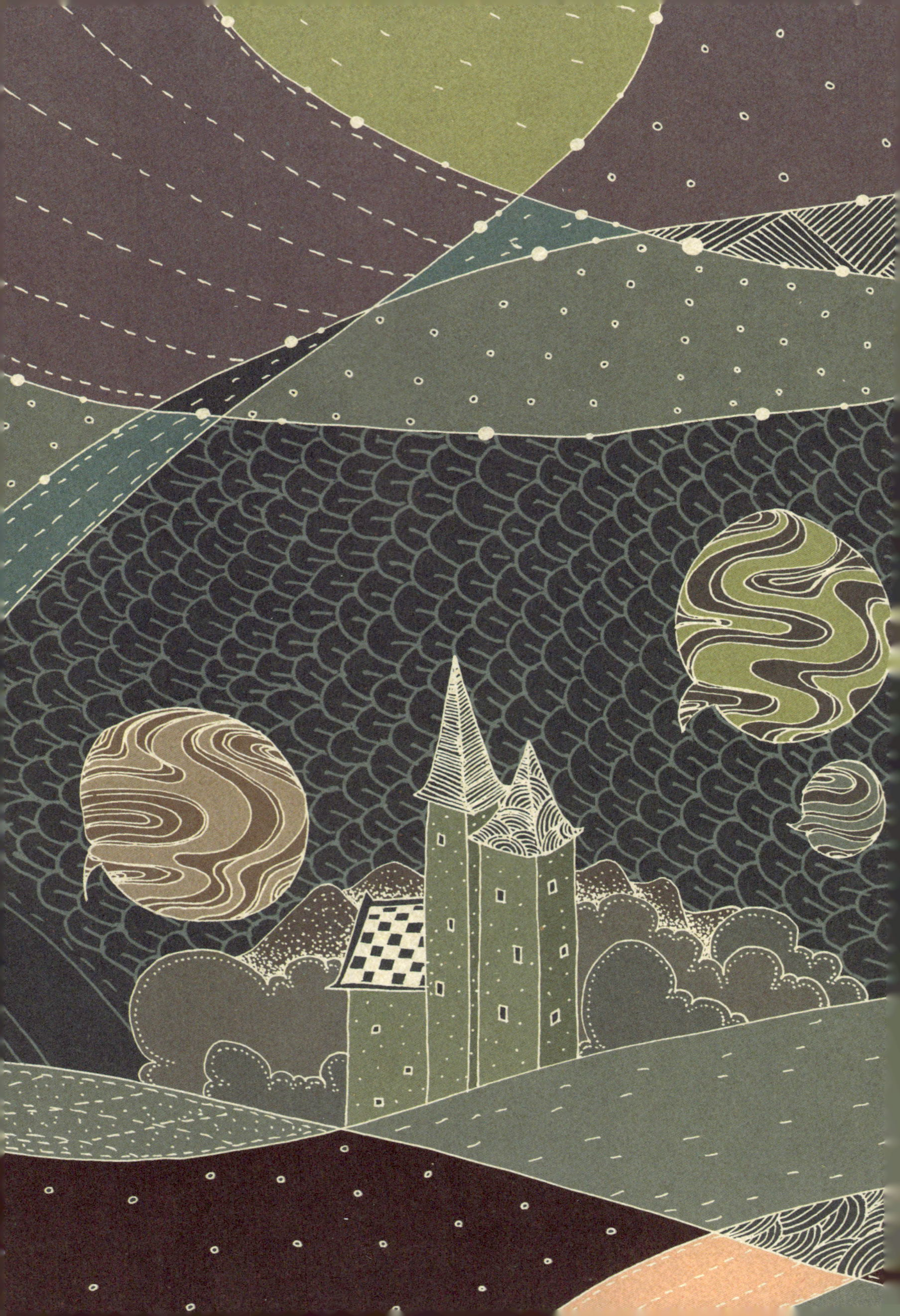

和笔记本上没写结局的童话一样，
牧白不知道两人以后会怎么样，
茫然是挥之不去的一层薄雾。

牧白唯一可以确定的是,现在,
淑彩是他的女王。
牧白爱淑彩,
而淑彩需要这样被爱。

于是，牧白走了过去，
停在淑彩的面前，接过她的手，
笑得像个儒雅的国王。

窗外朦朦胧胧，仿佛雾气里藏着仙女。

丢在枕边已开成静音的手机震了一下，从一个熟悉又陌生的微信账号里弹出一条短信："我看见你在咖啡馆的画展了，很棒。"

关于画展，源自我见缝插针利用工作外的时间画些小画，终于凑齐了一个系列。我联系附近的网红咖啡馆，合作了一次线下画展。

关于短信，来自几年前还算要好如今却近乎失联的小伙伴。

我的心里有一点酸酸的，想起那些朋友间的不愉快，不解释，不搭理对方，终究是因为年少的不成熟。我又把短信看了一遍，感觉酸中又带了一点回甘。我顺手将感触发给叶梓。坐等他的睡前故事，过了一阵子，他果然发来语音，讲起故事来。

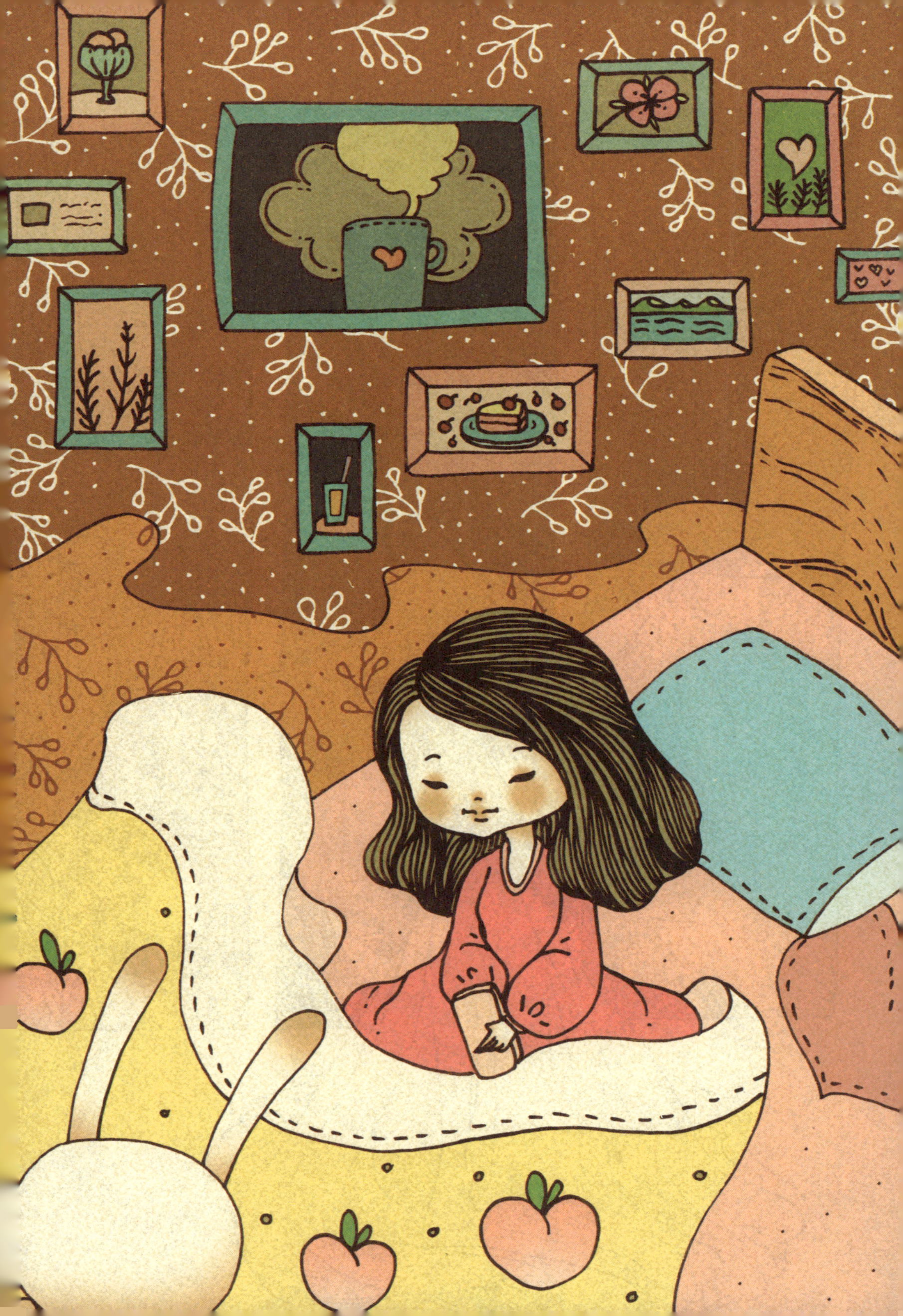

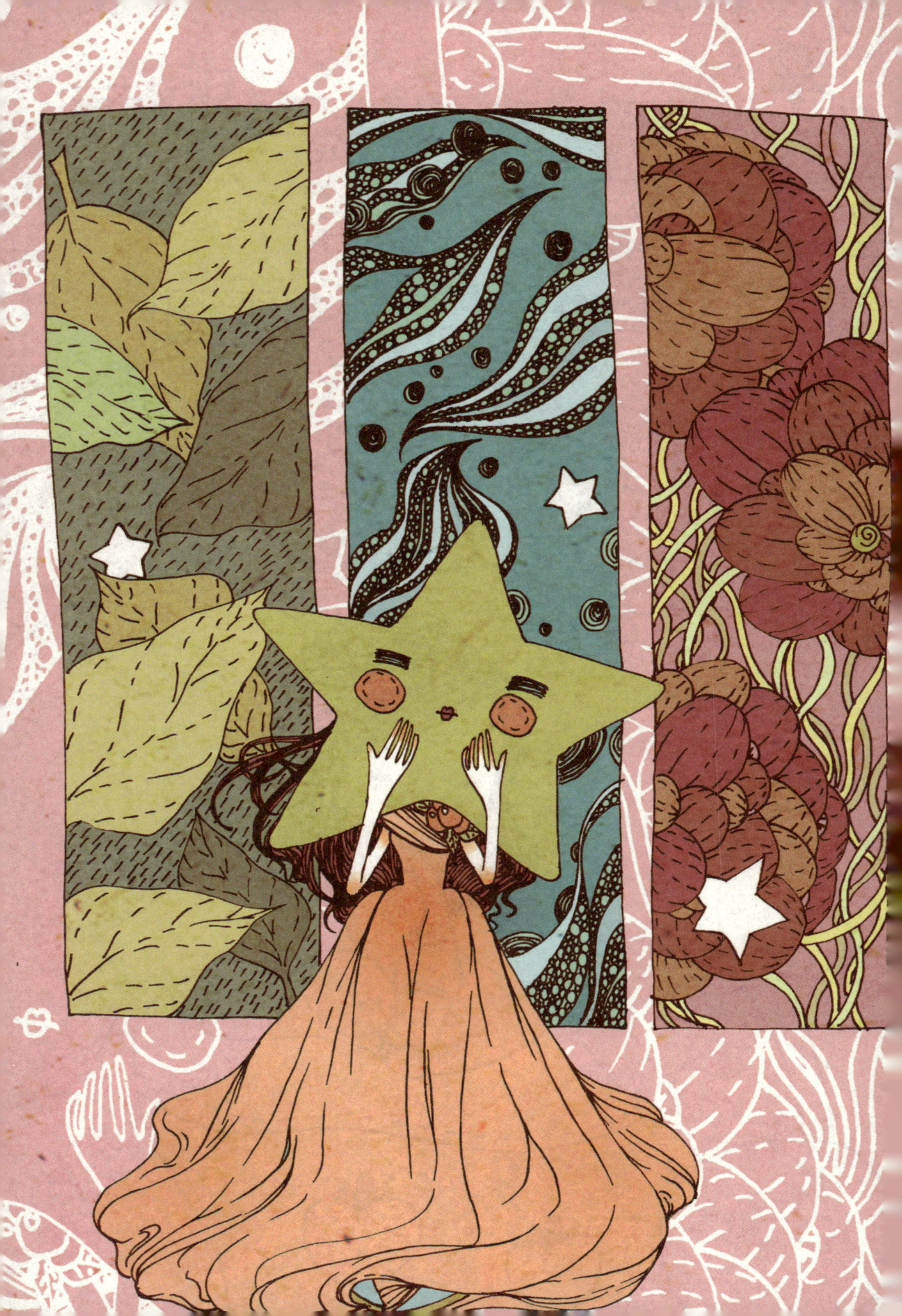

鲸花

有种爱情，从心底的梦想开始，发芽滋长，孕育成花。

我，女孩。
自以为是星星之类发出微光的东西。

喜欢藏在枯叶堆里，
云端或是花海之间。

我在干吗？
大概是稍作休息，
躲避危险，
或是在寻找什么……

花海连绵，叶片凋零。
四季交替的缝隙间有一扇鱼状记忆的门，
没有边缘，却闪闪发光。
只是，我一时打不开它。

被抛弃在某个美好微妙的故事之外，
我这样理解失忆的含义。

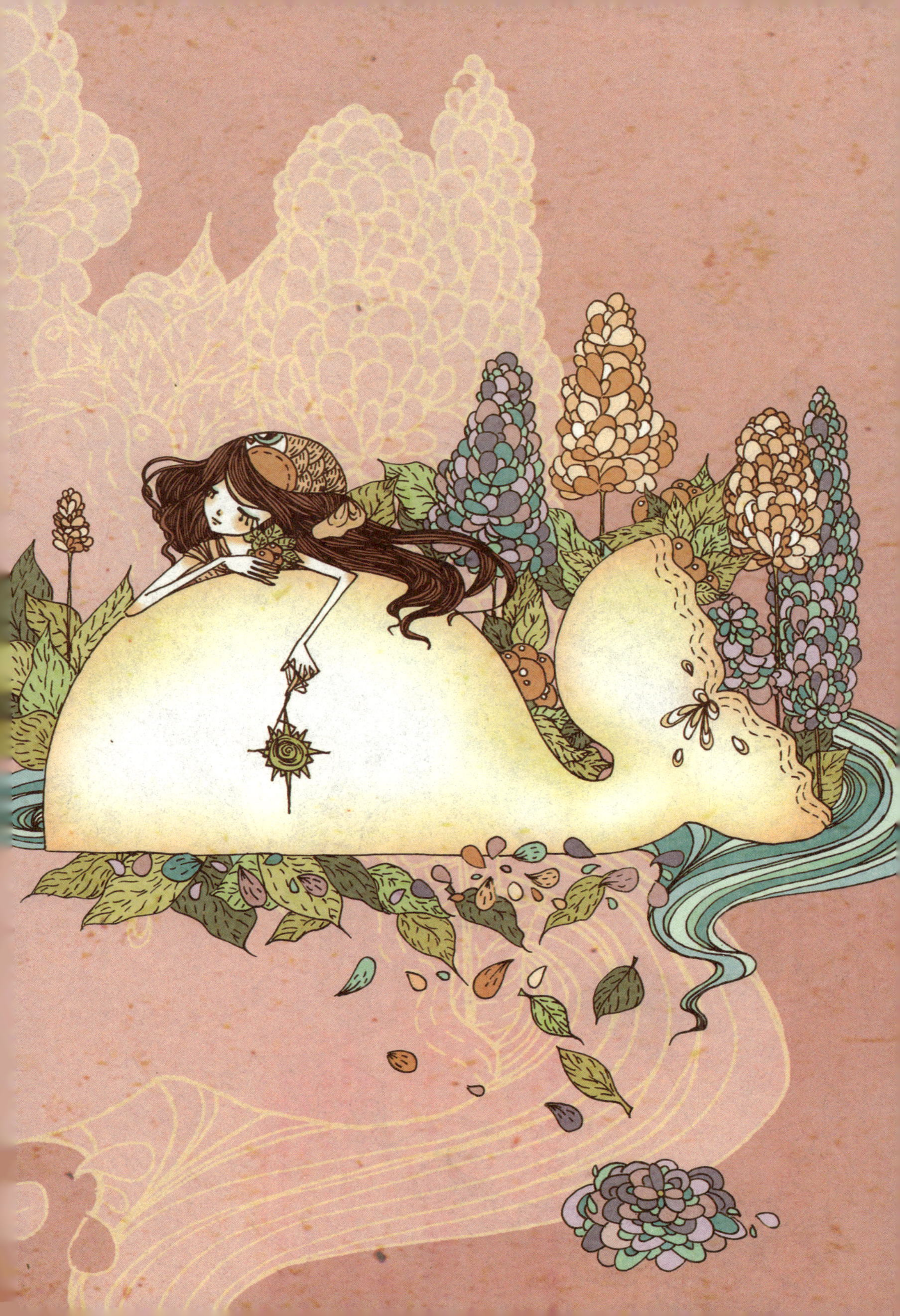

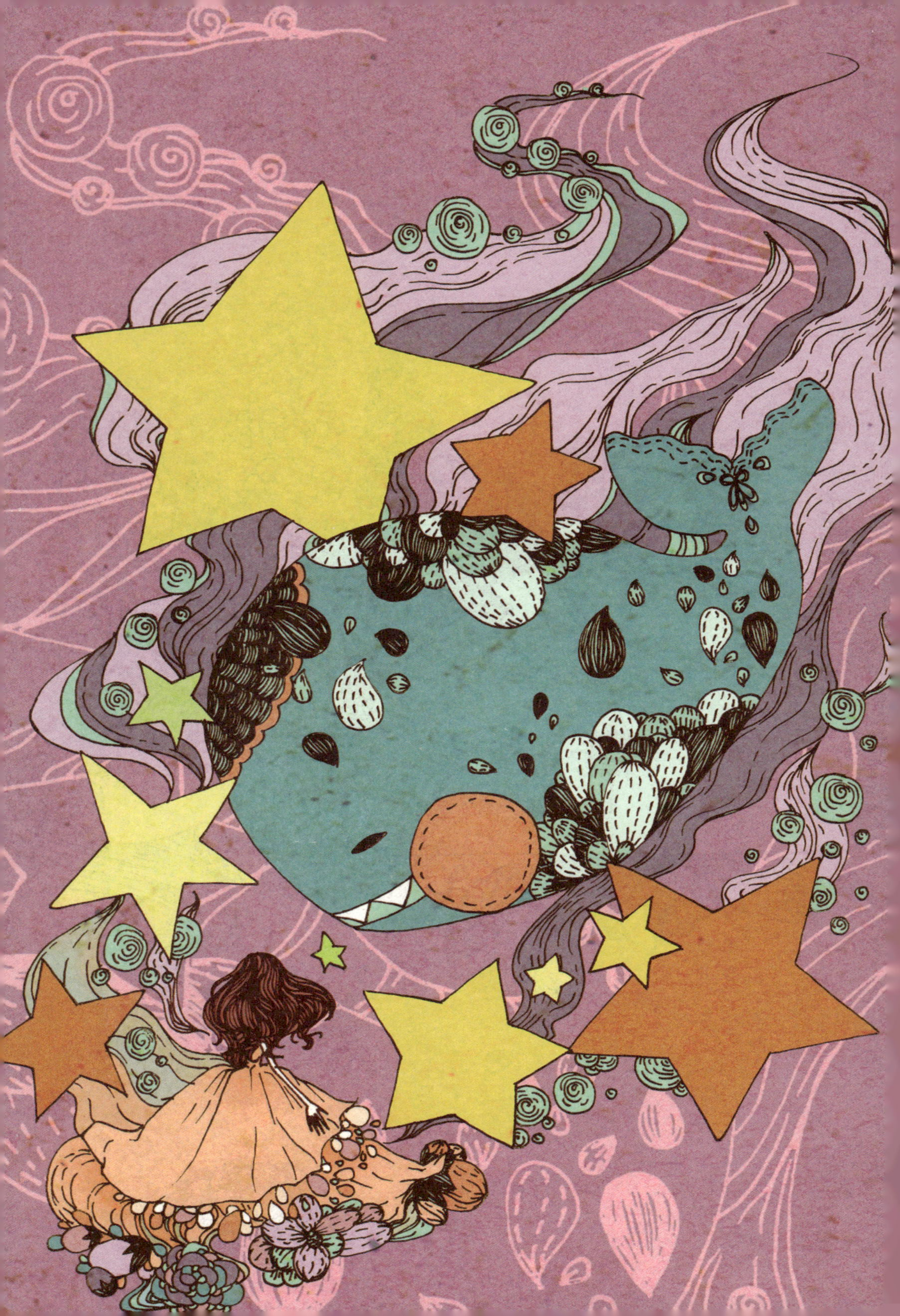

总有那么一些让人难忘的夜晚，
巨大的星光穿着浅紫云衣飞过黑色，
舞出一段绚烂。
倚着门睡去的我，手滑落下来，
恰好对准了锁的位置。
意外的瞬间，冥冥之中献给有准备的人，
却没有忘记附赠惊喜。

熟悉的鱼形渐渐清晰、
立体起来，
终于一跃而出。

看起来像鲸鱼，
纹有花瓣飞落的图案，
顶着一枚花形，
尖而短的牙齿扣在一起，
竟连出一丝笑意。
它眯着眼，近在眼前。
带着未干涸的海水的气味，微微发亮。

它颤动了一下,示意我接近。
我爬上它顶上的花形,
周围衍生出陆地海水天空的画面,通透明净。

就好像我们原是一体,
积攒了复杂的忧伤,
简单的喜悦和含糊不清的惆怅,
连成太浓的思念,
一旦相见,一旦相拥,
就想迫不及待地赠予对方整个世界。

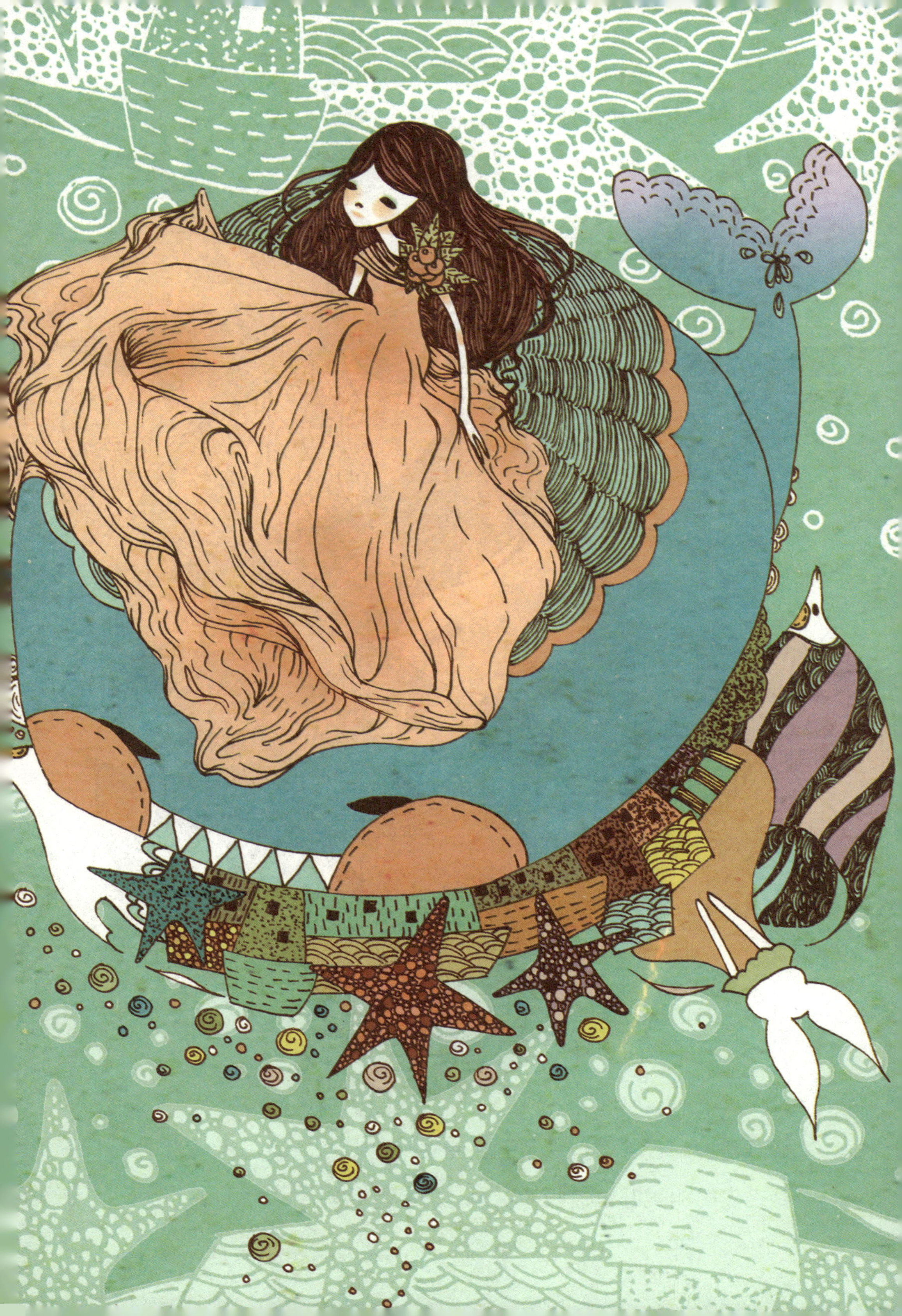

我沉浸在画面里，花朵发芽长出珊瑚，珊瑚间飘出鱼儿，
鱼穿过叶片，叶片裹住一片云，或是一片海水。

想开口询问，才发现鲸鱼已经消失不见，
我在它给的美好里，融入其中，舍不得离去。

鱼形慢慢回归成一扇门。

过了一季,周围的树渐渐开成一种寂寞,

水长成温柔的丝线。

而我已经不再守护在这里,

我在时光的墓中寻找转机。

"我是鲸树上结成的一朵花,
闯进你的世界。
请带着开满思念花,
结满紫色果实的藤条来找我。
也许我们重逢,才知道我们是谁,为何相见。"
它说过,
用它眯着的眼睛。

我拖着长长的藤条,
上面绕满果实和思念的花朵。
我到达和它约定的地方,
看见远处几棵没有叶片的树,
开满鲸鱼形状的蓝色花朵。

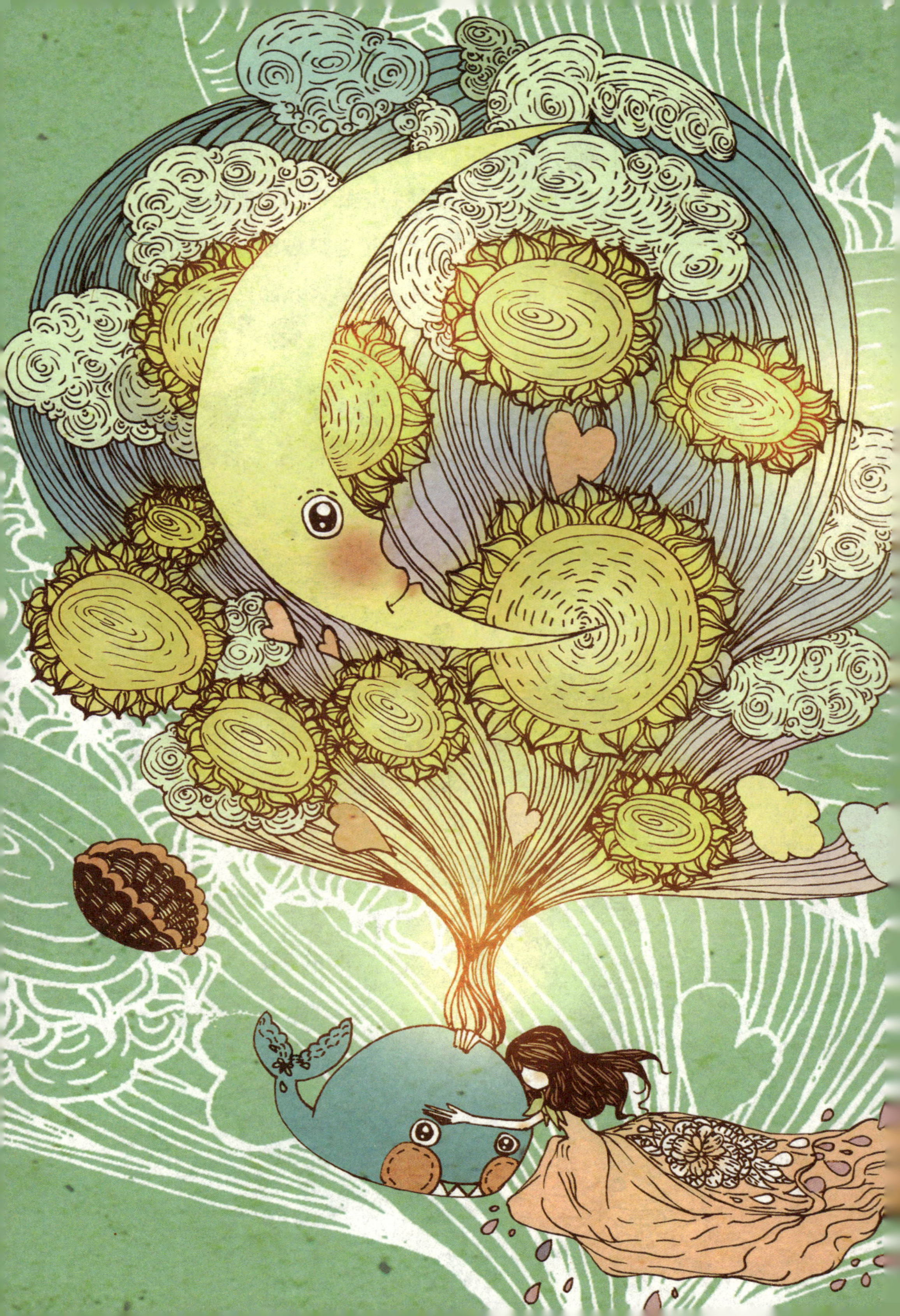

一朵结成的鲸花,

从树上落下,我一眼就认出,

是曾经相见的那一朵。

我拥抱在半空的鲸花,

他眯着的眼睛慢慢放大,

张成一个圆,顶上的花形脱落,

喷出一道温暖的光。

海水间开满向日葵,

月亮像刚出生的婴儿,

张大了眼睛,安静地躺在其中,

看着属于他的世界。

终于记起，
我只是一朵鲸花的魂。

只要和你在一起，
就可以连成一片海水，
拥抱着月光的思念，
让黑夜开出白天的光彩。
欢迎重逢，我的鲸花。
我叫微光，
有人也叫我梦想，
藏在角落，不定期出现，
请随时呼唤。

烈日灼心，我像一根冰棍看见冰箱一样，几乎连滚带爬地冲进了工作室。今天的气氛有些不一样，主笔们格外认真地画着草图，后期组也收敛了许多，不再明目张胆地聊八卦。

跟在我后面进来的叶梓也发现了不对劲，不明所以地和我大眼瞪小眼。

临近中午开了个集体小会，我们终于有了确切的答案：工作室突然要解散了！

一群因追寻梦想而聚集的少年，终要各自远行。大家回味着，忙碌着，在苦咖啡中渐渐品出了甜味。离别真是一首慢节奏的甜歌。

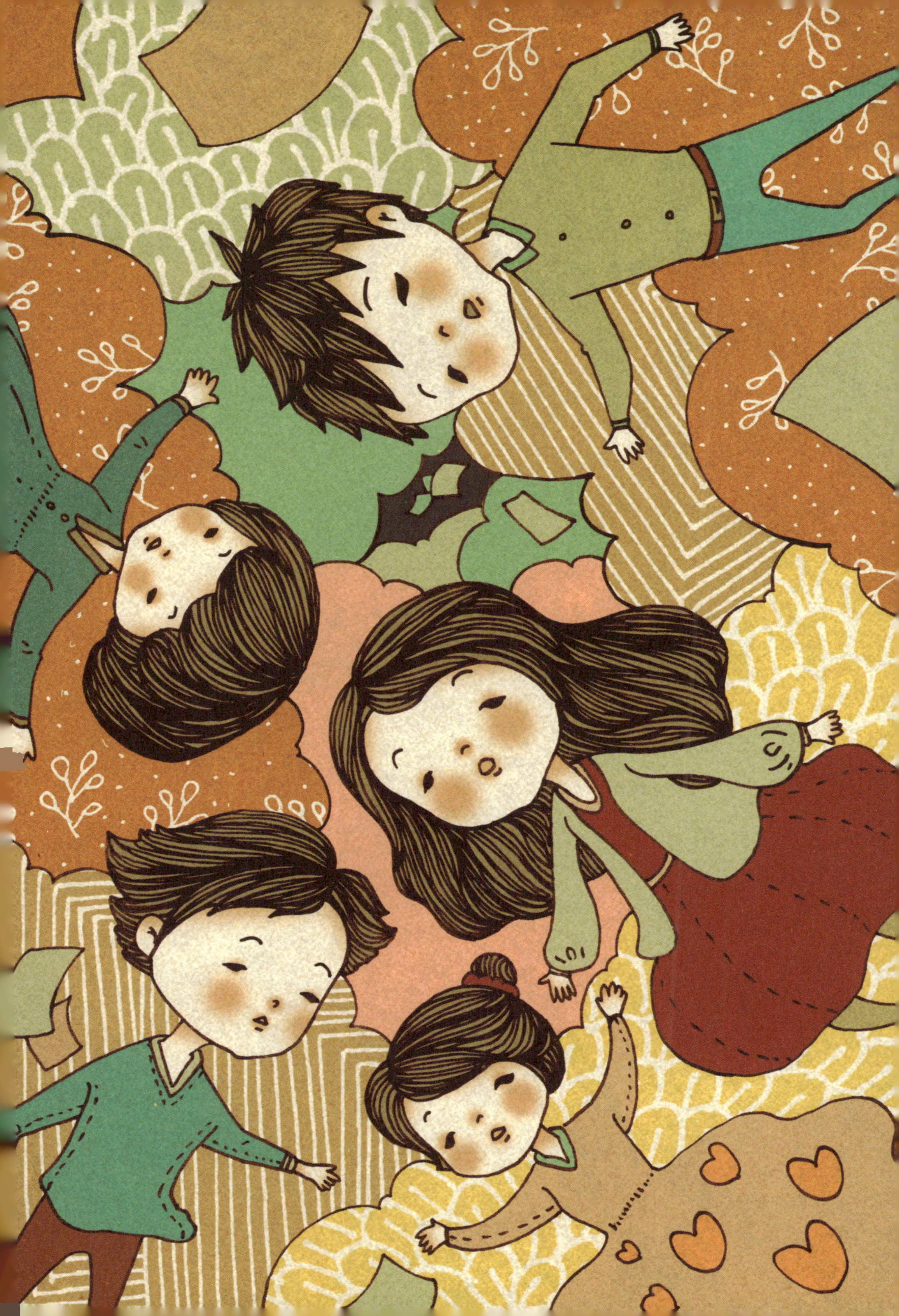

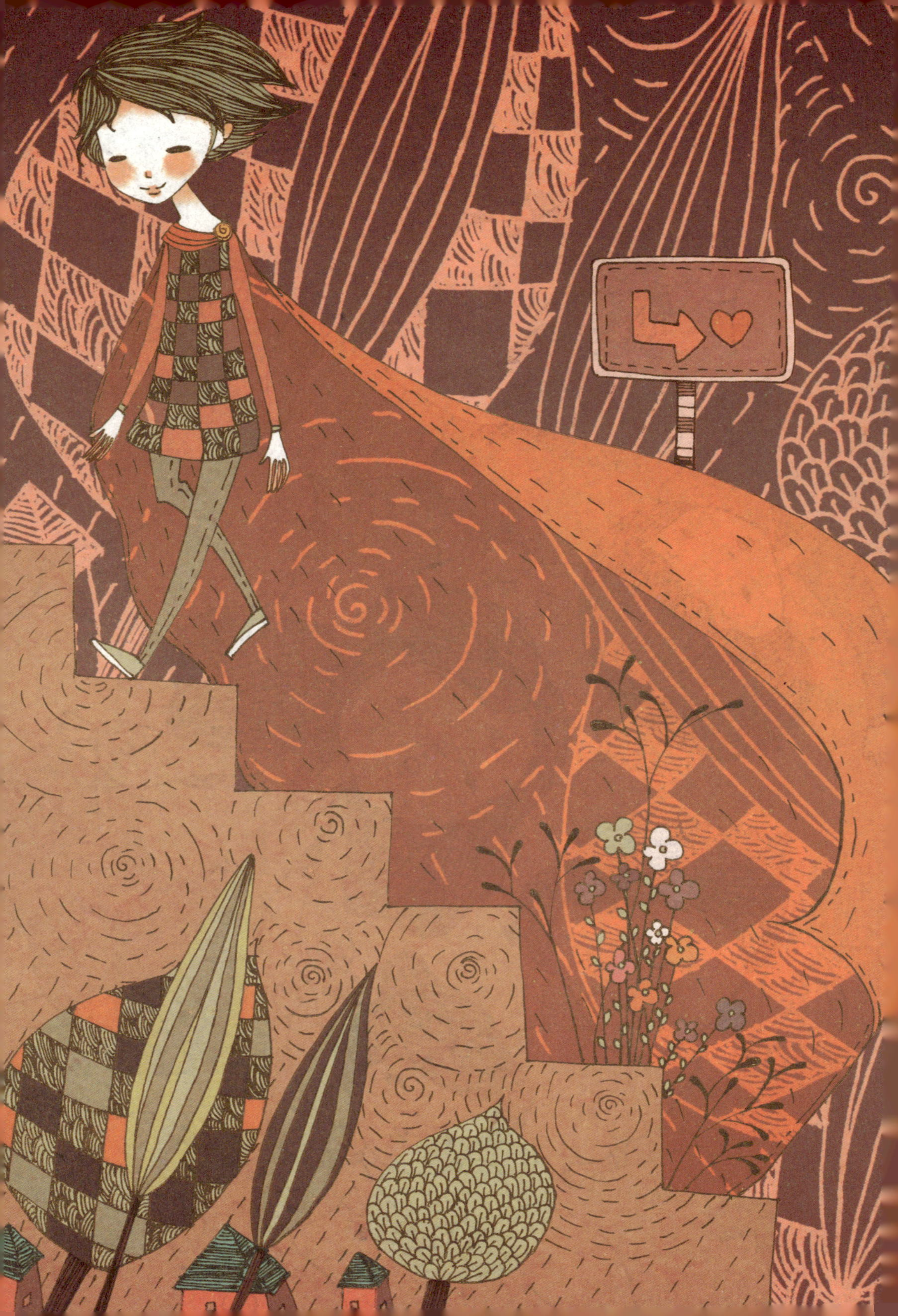

孩子气是一首不押韵的歌

有种爱情，只是一种经历。痛过以后，我们依然天真。

我以为把被单当作披风就成了小王子，
于是，把儿时的光阴都拜托给童话保管。

我以为穿上芭蕾裙就可以像花朵一样飞舞,
于是整夜兴奋得睡不着,
清晨第一个蹦进练功房。

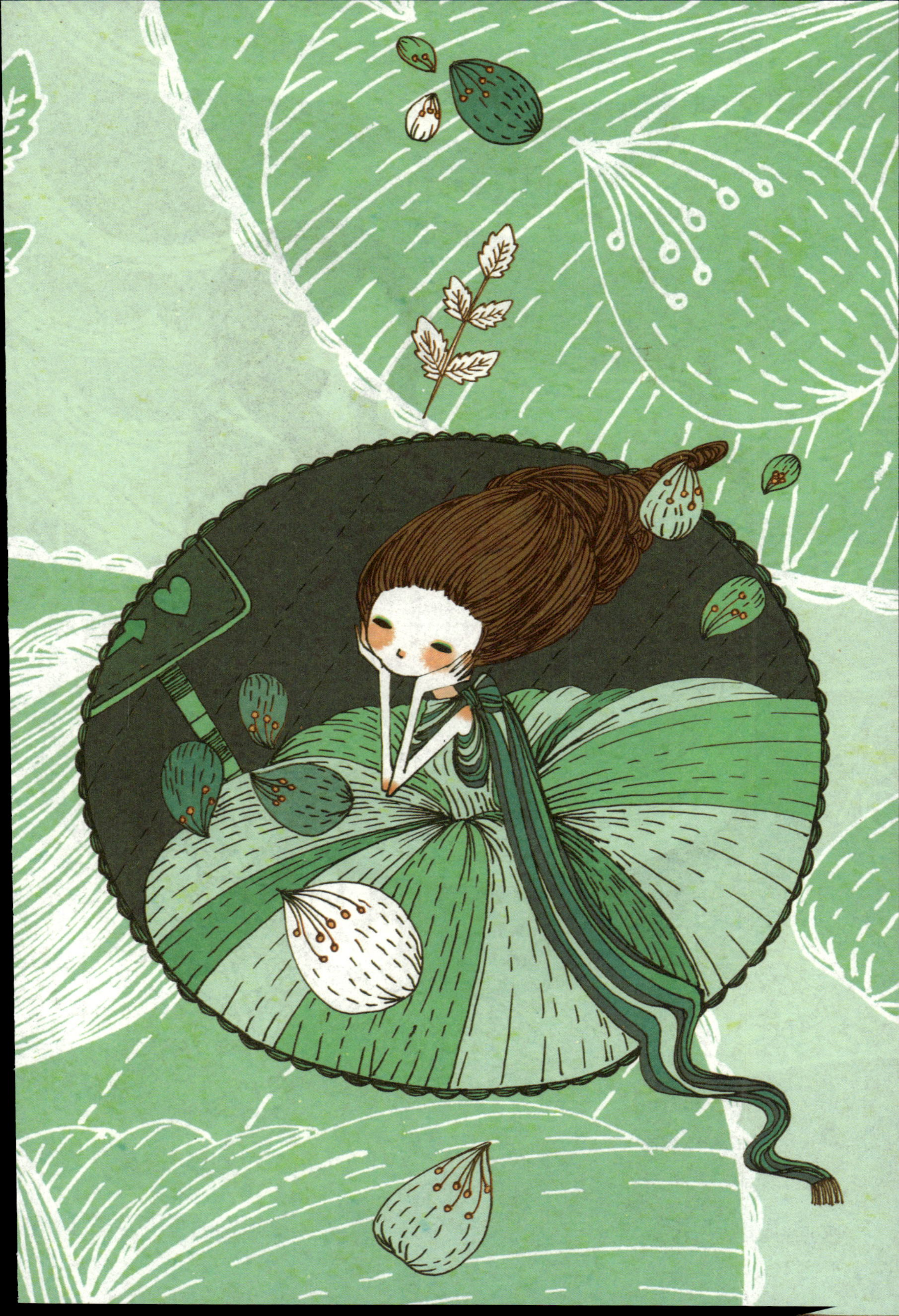

我以为梦想像野草，

越多越好，实现不了还可以打包给未来。

于是现在，让我偷偷懒，闭上眼睛，休息一小会儿吧。

我以为街上大人偶尔的争吵声,
让世界很受伤,
所以,我来帮你绑绷带吧。
别担心,有我在。

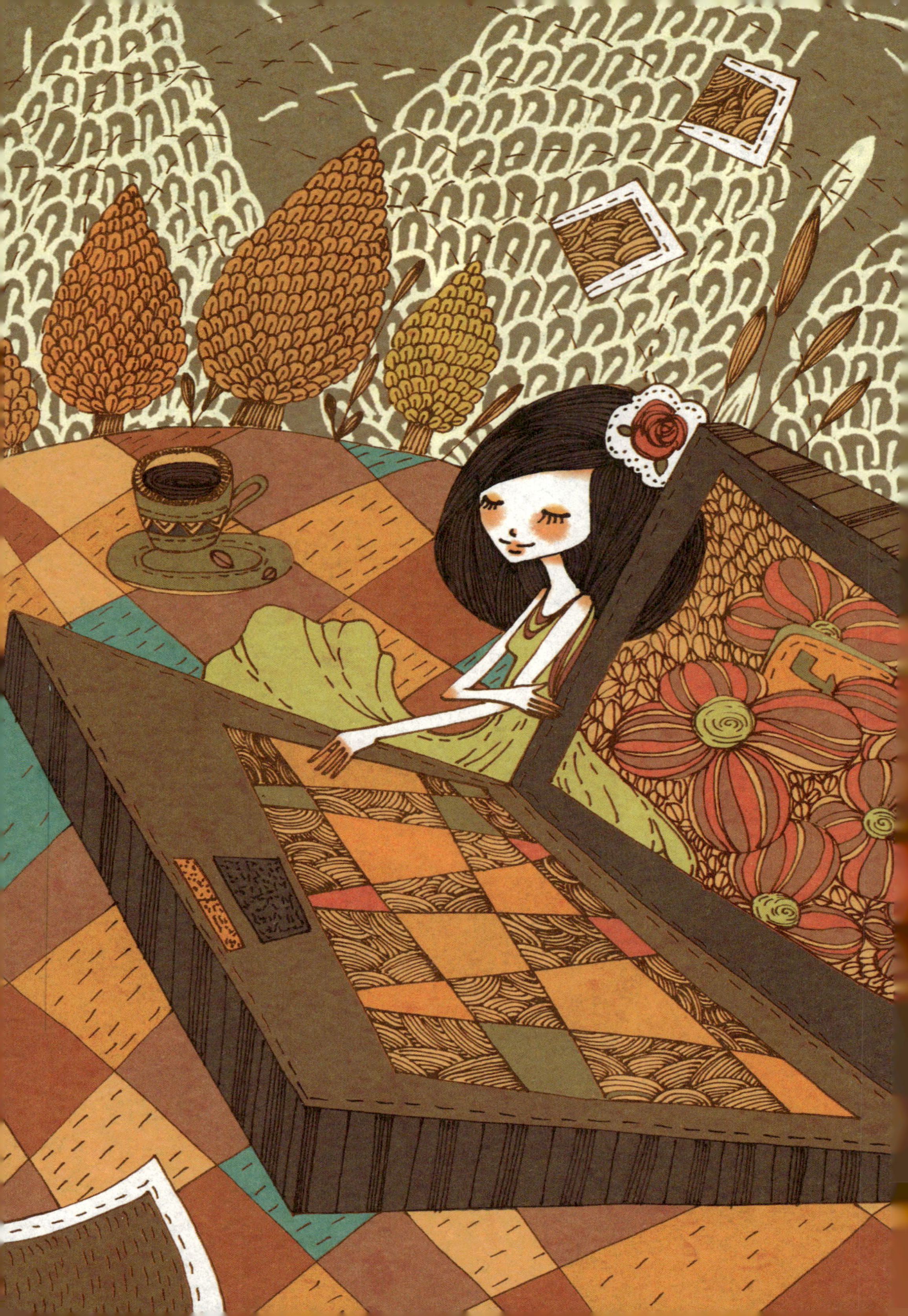

我看见每天喝苦咖啡的姐姐，
脸上露出了红晕和甜蜜的笑，
她说，
那是因为一种叫爱情的东西起了作用，
以后我们都会遇到它，
这个我懂，嘻嘻。

我的邻居明天就搬走了，
我最爱吃的甜橙一夜之间长成了酸葡萄的样子，
吃到嘴里酸溜溜的，心里也酸溜溜的。

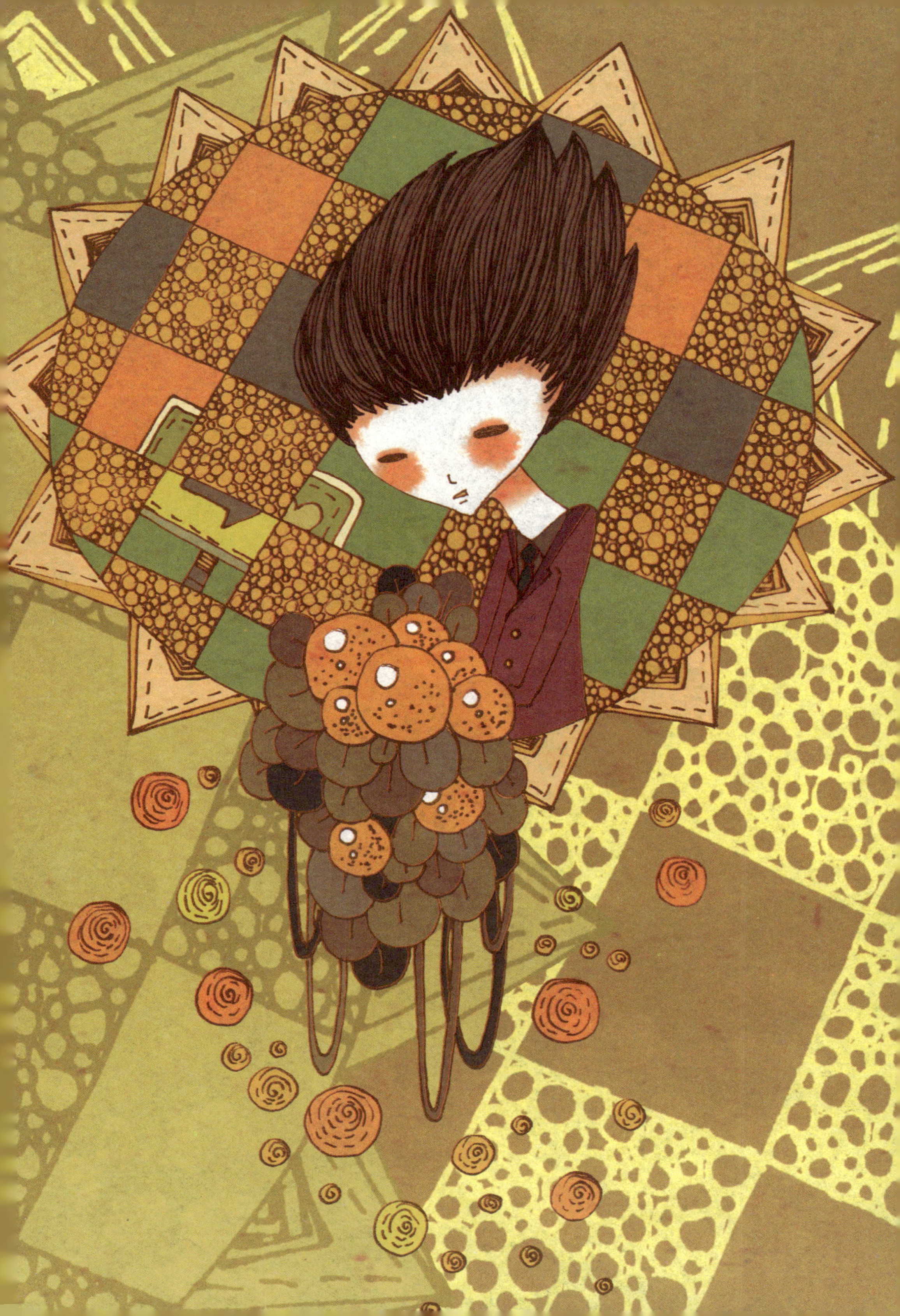

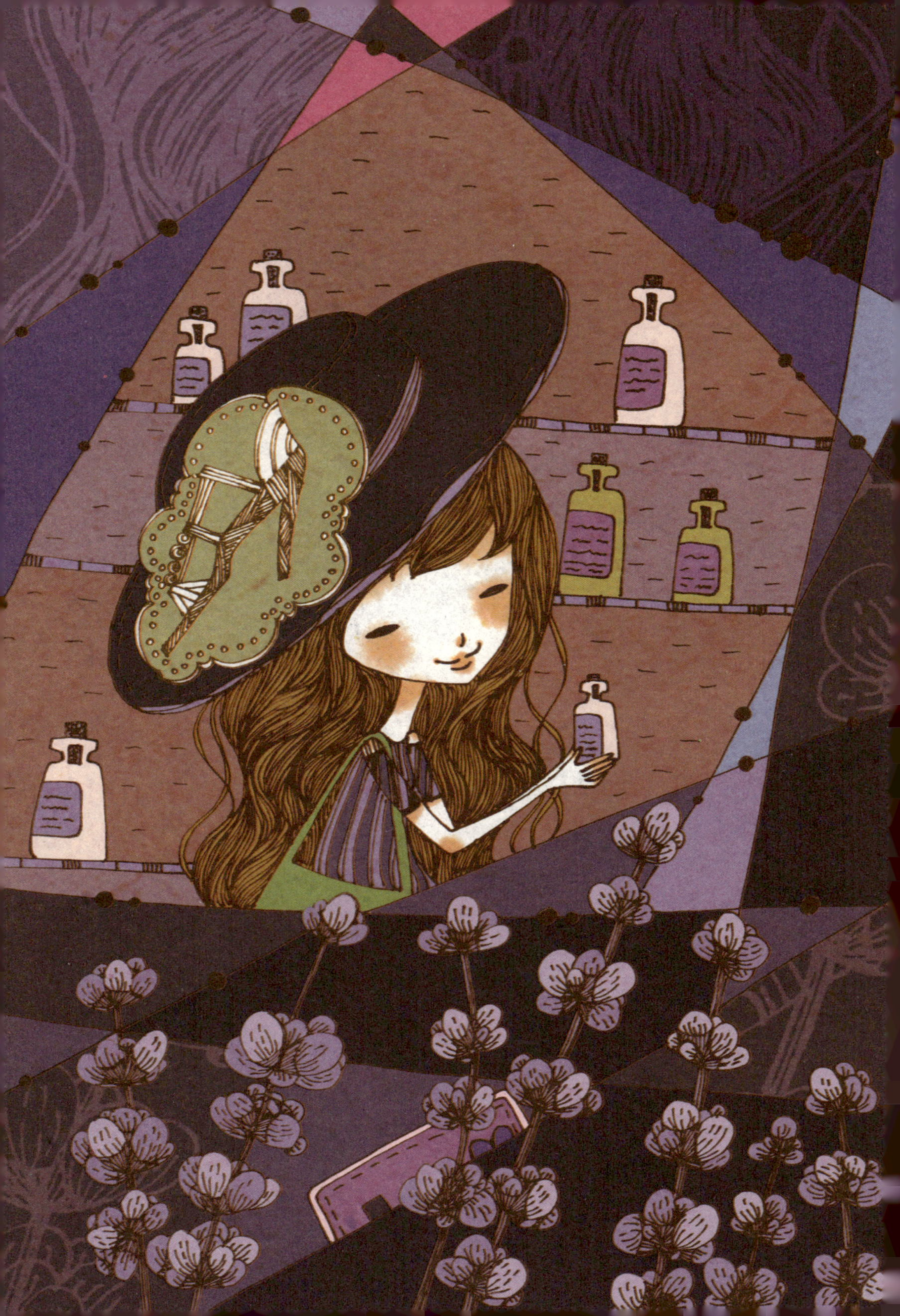

我以为精油瓶子里都是魔法，

魔法治好了妈妈的失眠，

所以我决定了，要做一个快乐的小巫师，

先从哄自己睡着开始……

那天，我们都做了同一个梦。
梦里的我们成了一块路牌，

拥有彩虹的颜色。

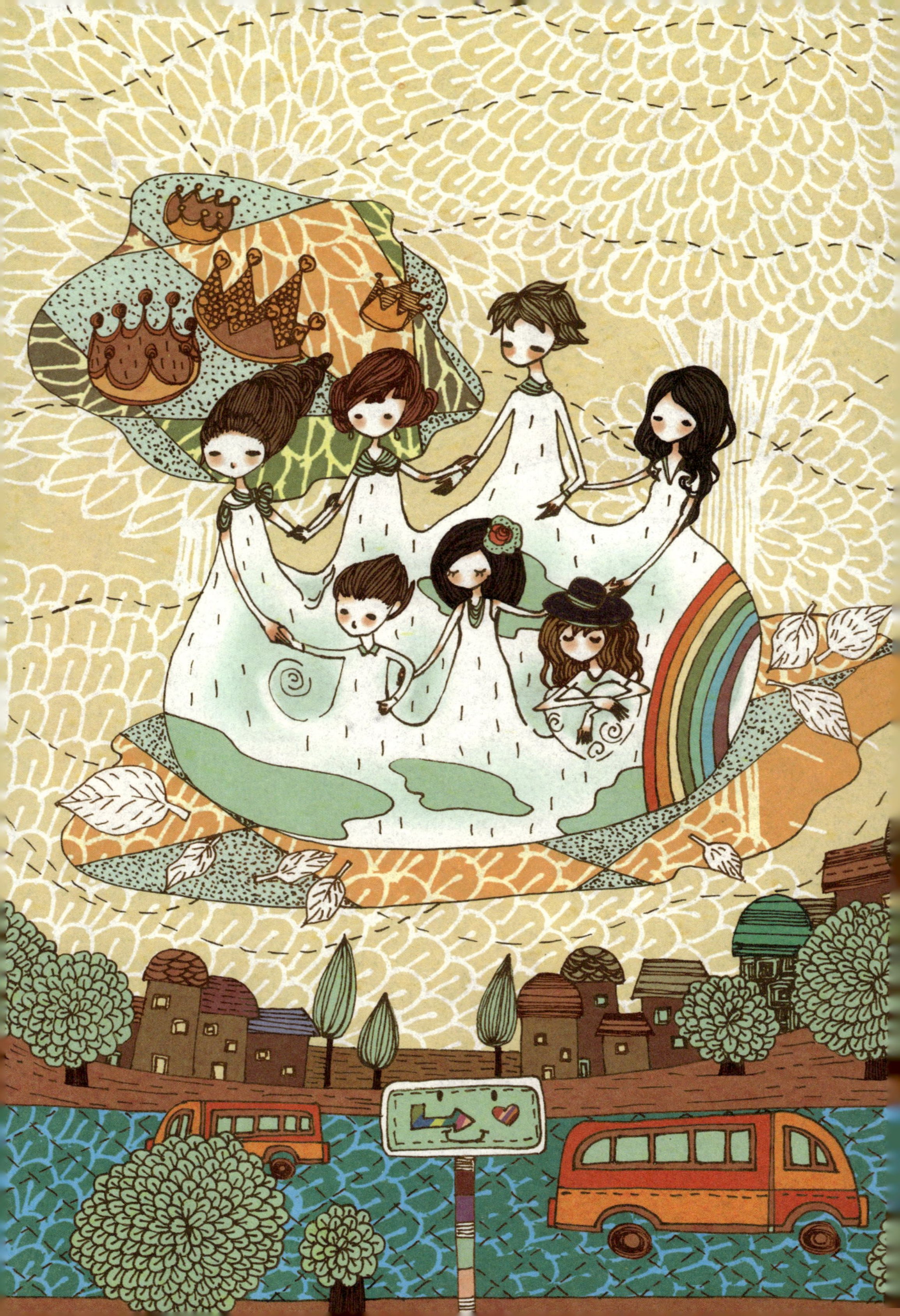

当经历了朋友相聚又分离，
理解了爱情的香甜和苦涩，
感谢那份纯真还在，
让自己拥有独特的方向感。

冥冥之中，

孩子气是首不押韵的歌，

唱着唱着，就迎来一个清新的早晨。

我们小心翼翼并且勇敢地做着长大的梦，

兴奋，矜持，失落，雀跃，

不经意间，已是春暖花开。

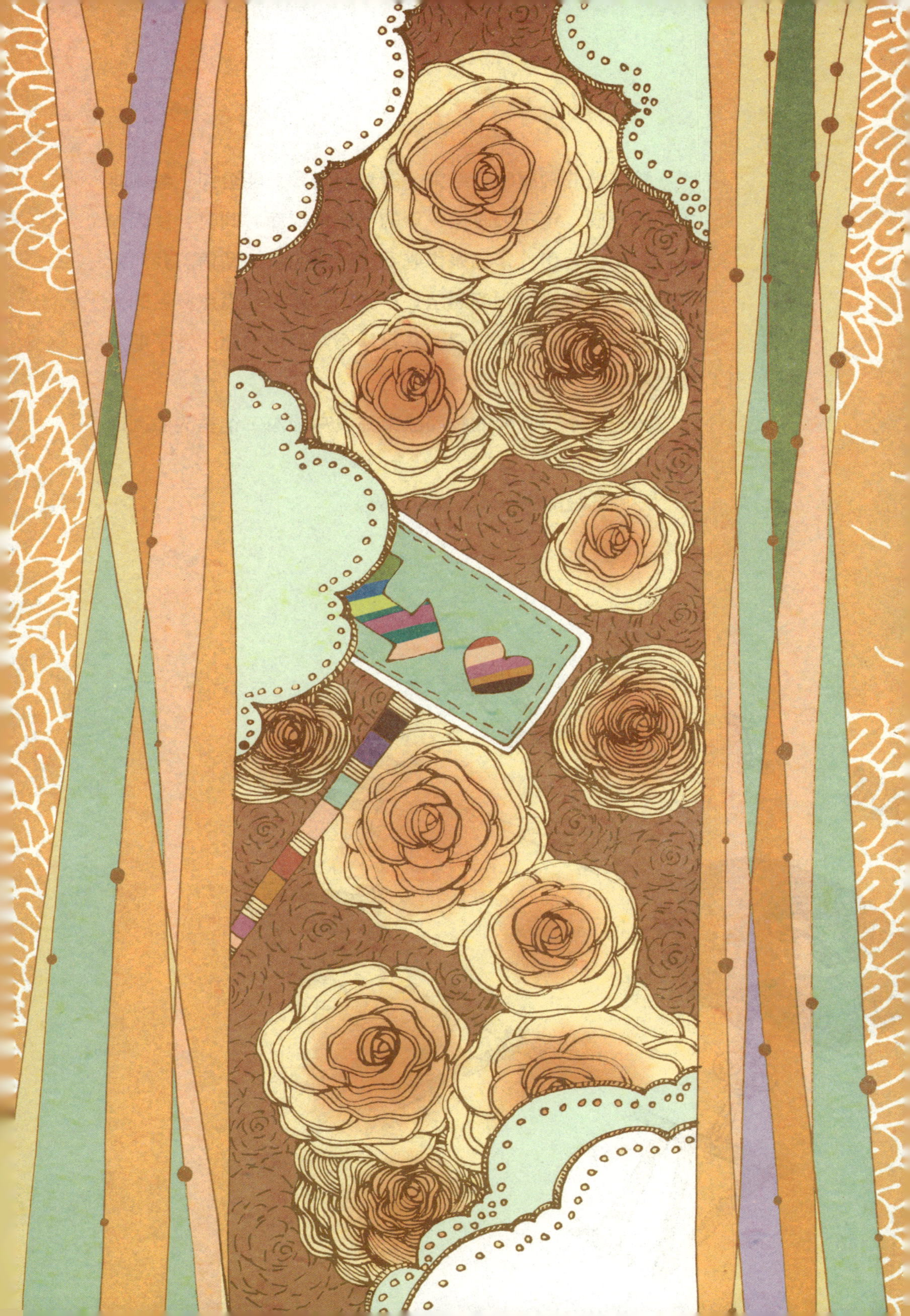

咖啡馆的画展临近结束，策划询问我，能否约一套咖啡主题的插画，用于咖啡馆今年的手账本封面。同时，我因为发在网络上有个人作品集也收到了一些约稿的私信。我对未来有了一些模模糊糊的想法。不确定，加上一点点莫名的兴奋。我点了烧烤犒劳自己，并且很不厚道地拍照，发了朋友圈九宫格。

我很庆幸，叶梓的睡前故事并没有因为工作室的原因而停止。

今晚的睡前故事是《修补时光》。

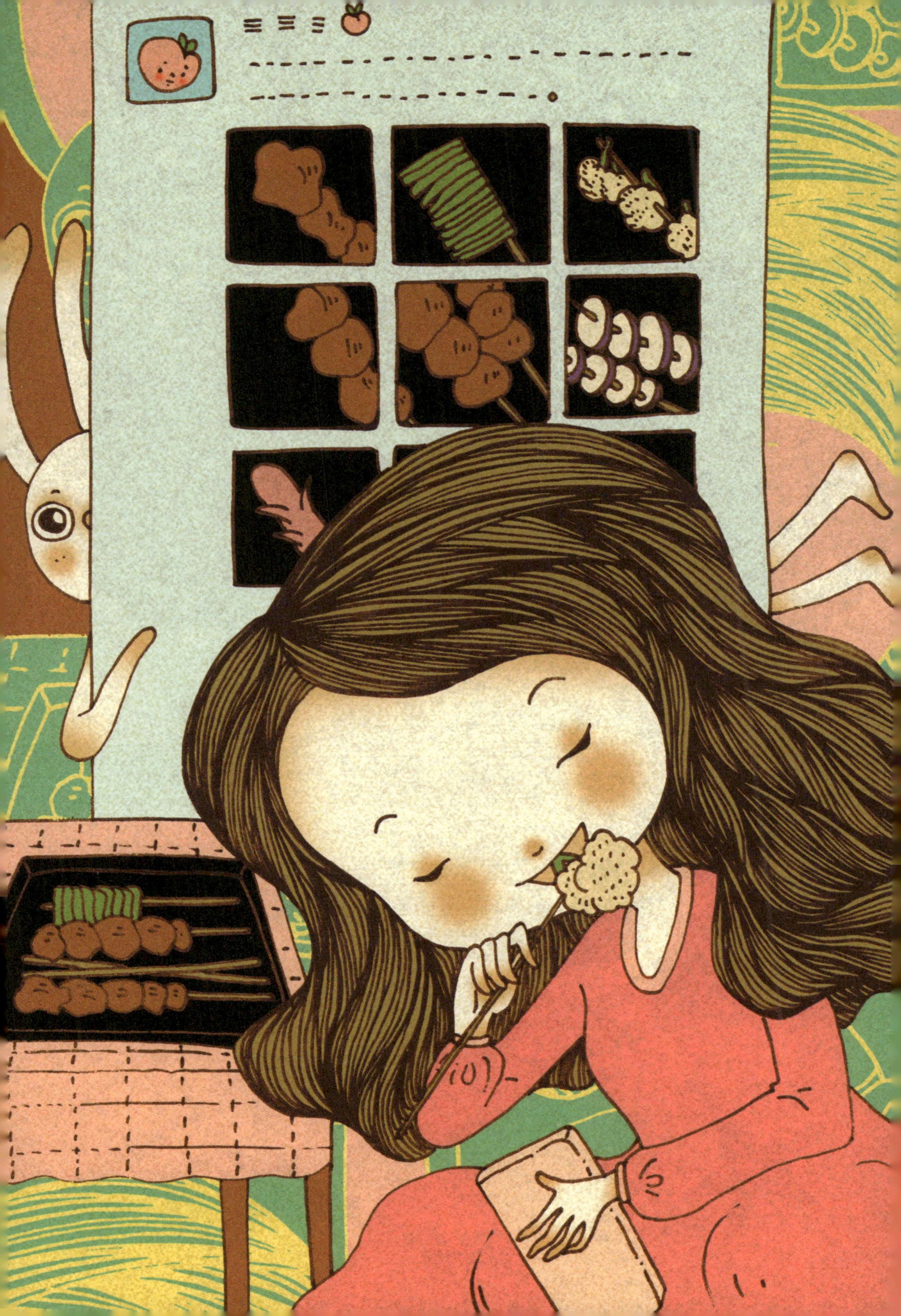

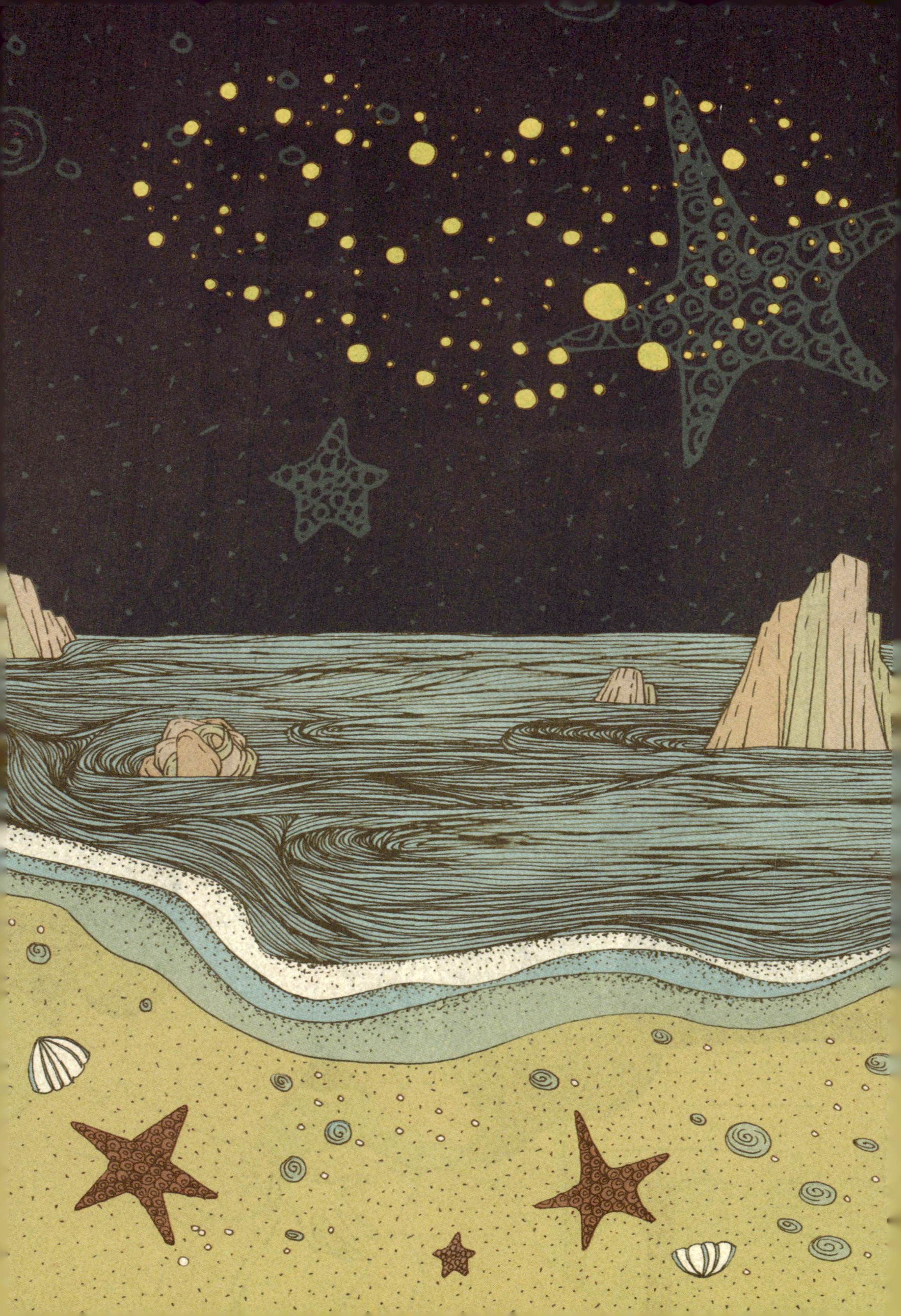

修补时光

有种爱情，与其弥补过往的缺憾，不如珍惜现在的点滴。

夜幕准时盖下来，
星光陆续被打开，
一切准备就绪，
温罗的"舞台剧"开始了。

温罗是一名熬夜工作的旧时光修补匠。

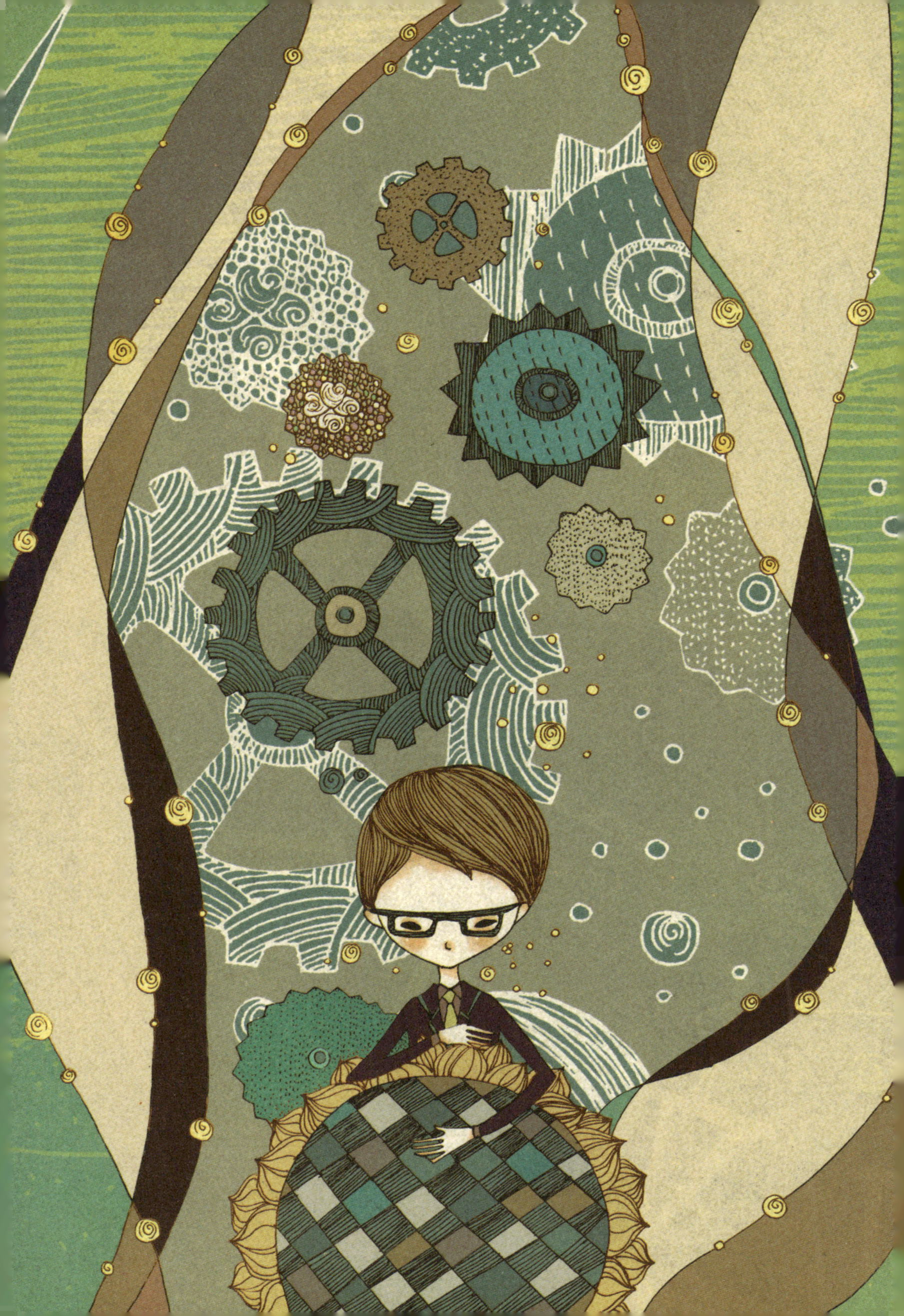

人们纷纷带着自己的心愿，

请求温罗修补逝去光阴里的小遗憾。

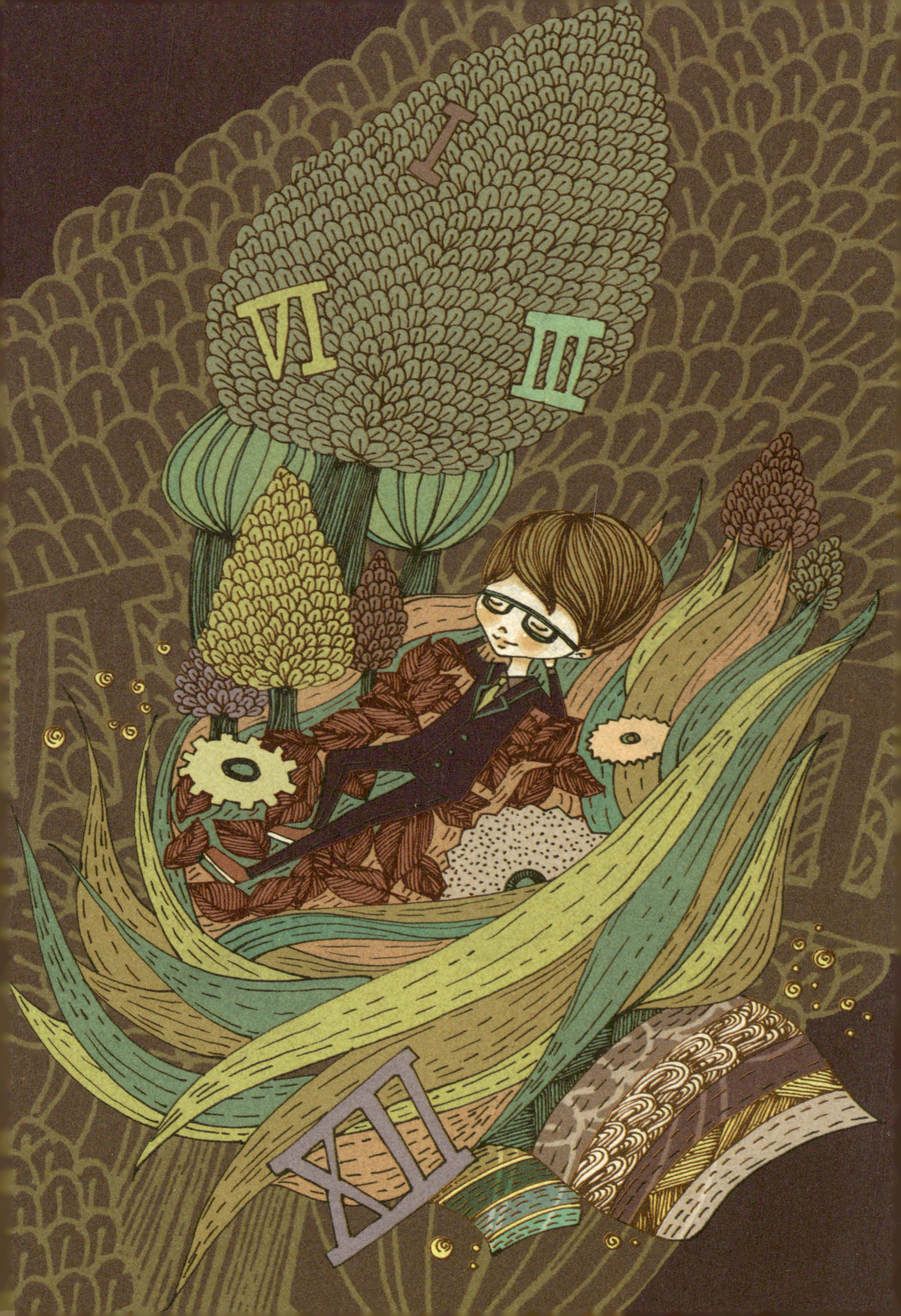
I
VI
III
XII

温罗每天帮他们设计修补的形状,

冥思苦想,如何把适合的修补齿轮,

天衣无缝地

亲手镶入残缺的时光。

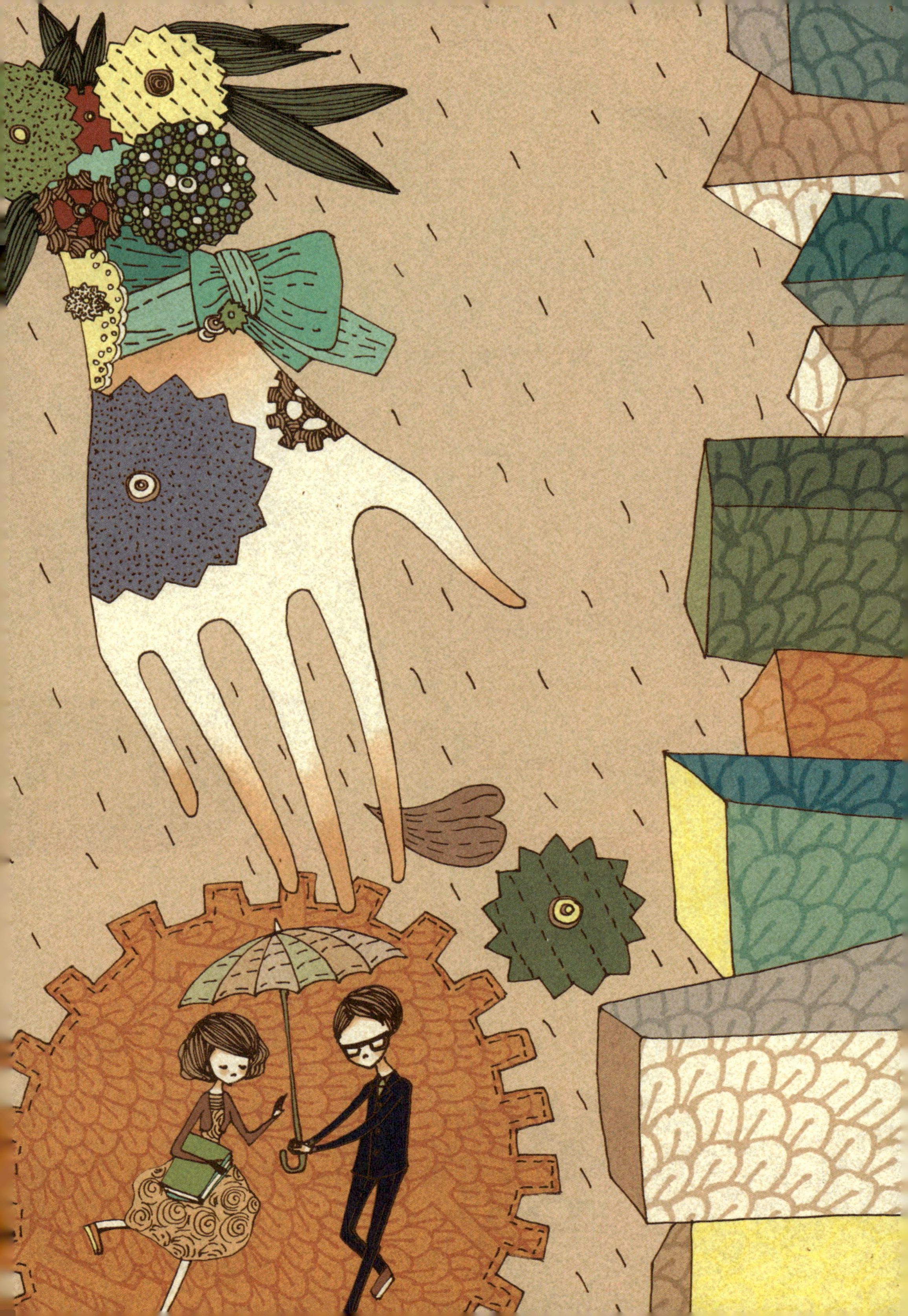

渐渐地，温罗发现有一种心形齿轮，

几乎可以代替所有的修补齿轮，来修补所有的遗憾。

经过心形齿轮的修补，
忙碌的妈妈终于有空陪着孩子，
说笑着，一起享用热巧克力。

LOVE

来自五湖四海的朋友,
终于通过视频,开起了PARTY。

冷战已久的情侣，
终于在决定分手前，
相互道歉，化解了矛盾。

"其实，
心形齿轮的物语是'珍惜和体谅'，
与其经过我的手修补，
不如自己谨记，学会善用。"

温罗这样想着，
把心形齿轮发给每个人，
然后辞掉熬夜累人的修补匠工作，
专心去寻找自己的所爱。

听完之后，我莫名有了前进的力量。我一口吃掉烤花菜，准备洗漱后好好睡一觉，明天开始新的生活。

我要一点点开创我的独立工作室。

从租房到物品采购、摆放，一切并不算轻松。叶梓充当劳力过来帮忙。晚上回家的时候，我看到在江边的景观改造，在树上挂了LED流星雨灯带。灯带从上至下发着光，像流星坠入了人间的枝丫。

叶梓也看到了。今天他送我的睡前故事是《树抱流星》。

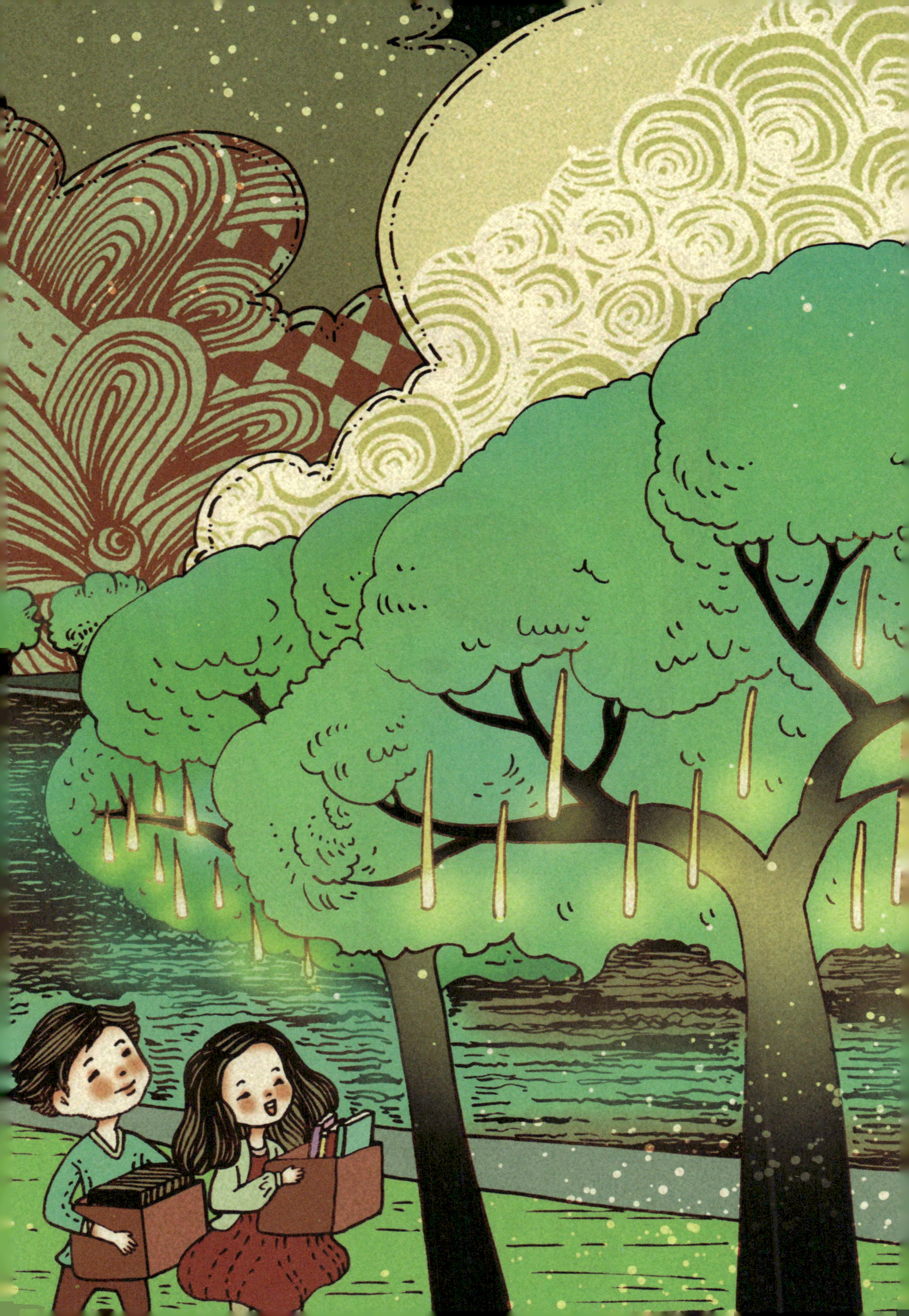

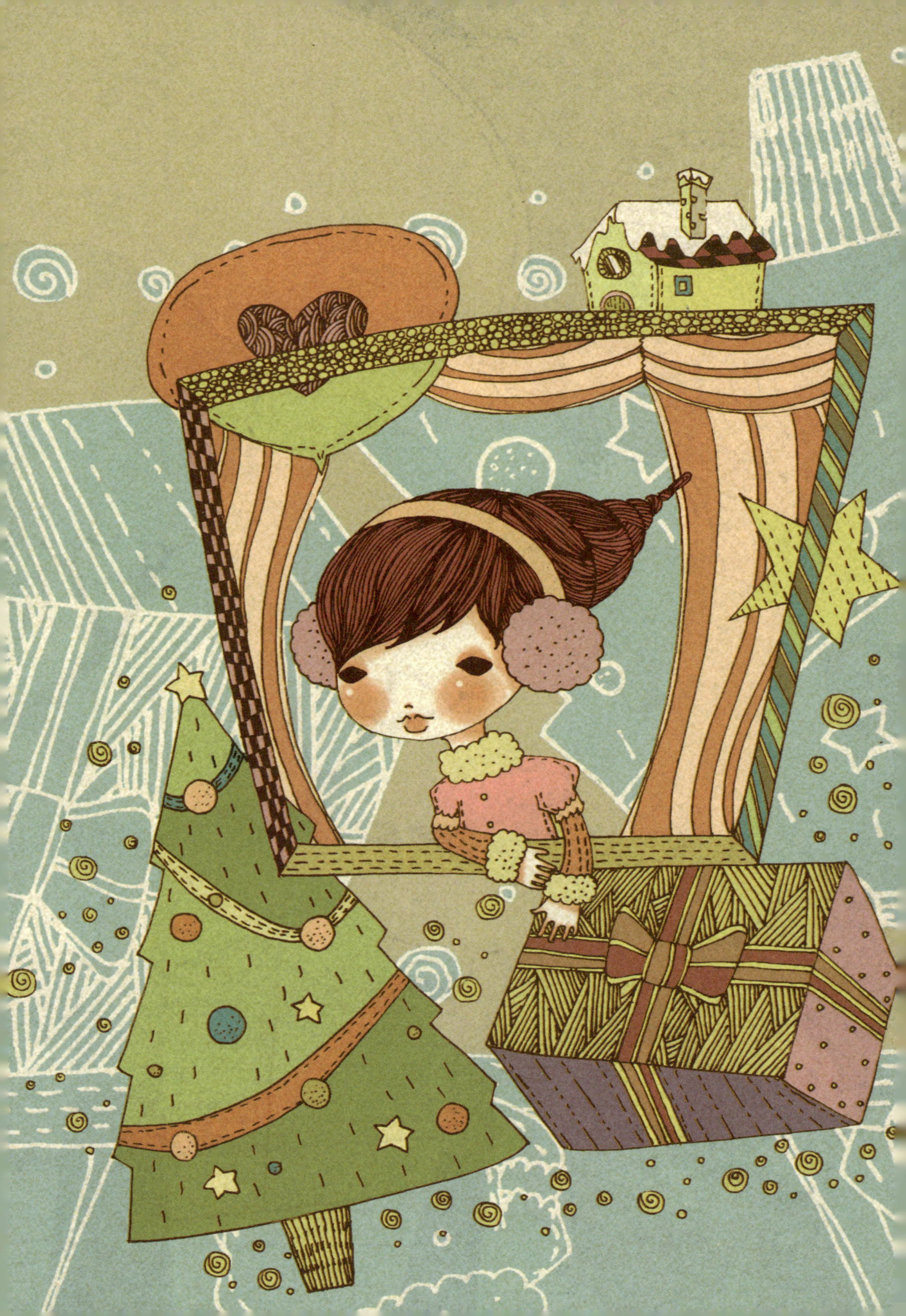

树抱流星

有种爱情，在生命的美景面前，黯然失色，不值一提。

"我们忙于为充盈生活而奔波，
却忽略了生命璀璨的意义。
逆境，峰回路转处，
终究会有惊心动魄的美。"

这是一个老套的话题，
但木子想很认真很认真地喊出来，
她真的遇见过"圣诞老人"，
在木子还是个孩子的时候。

那时,令她难以置信的是,
所谓的"圣诞老人",
竟然没有雪白的胡子,
也没有雪橇。
眼前的那位使者,
只穿着火一样的厚棉袄,
脸被冻得通红,
是个帅气的男孩子。

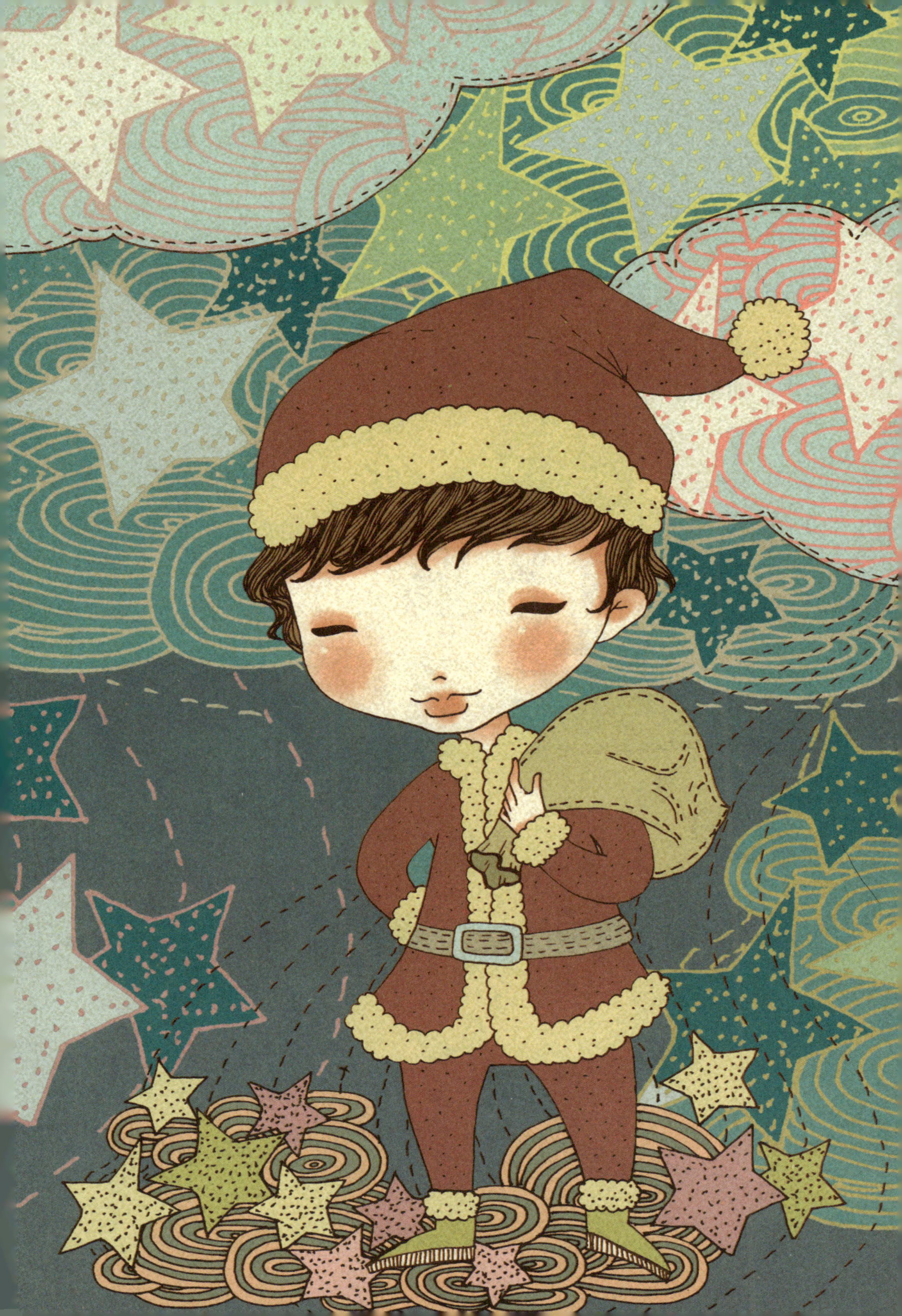

"圣诞老人"从口袋里掏了半天,遗憾地说:

"对不起,

礼物没有了……

木子哇哇大哭,

然后,她抓起"圣诞老人"的袖口擤鼻涕。

"圣诞老人"直接呆住,

等他反应过来，
木子已经擦干眼泪，
眼巴巴地向他讨要补偿：
"你欠我一个快乐的圣诞！"

"圣诞老人"支支吾吾地说：
"那么，用一个秘密作为补偿，可以吗？"

木子把耳朵凑过去，听见他说："在异地梦境里，有种极致的美景叫'树抱流星'，见到它，要有足够的幸运……"

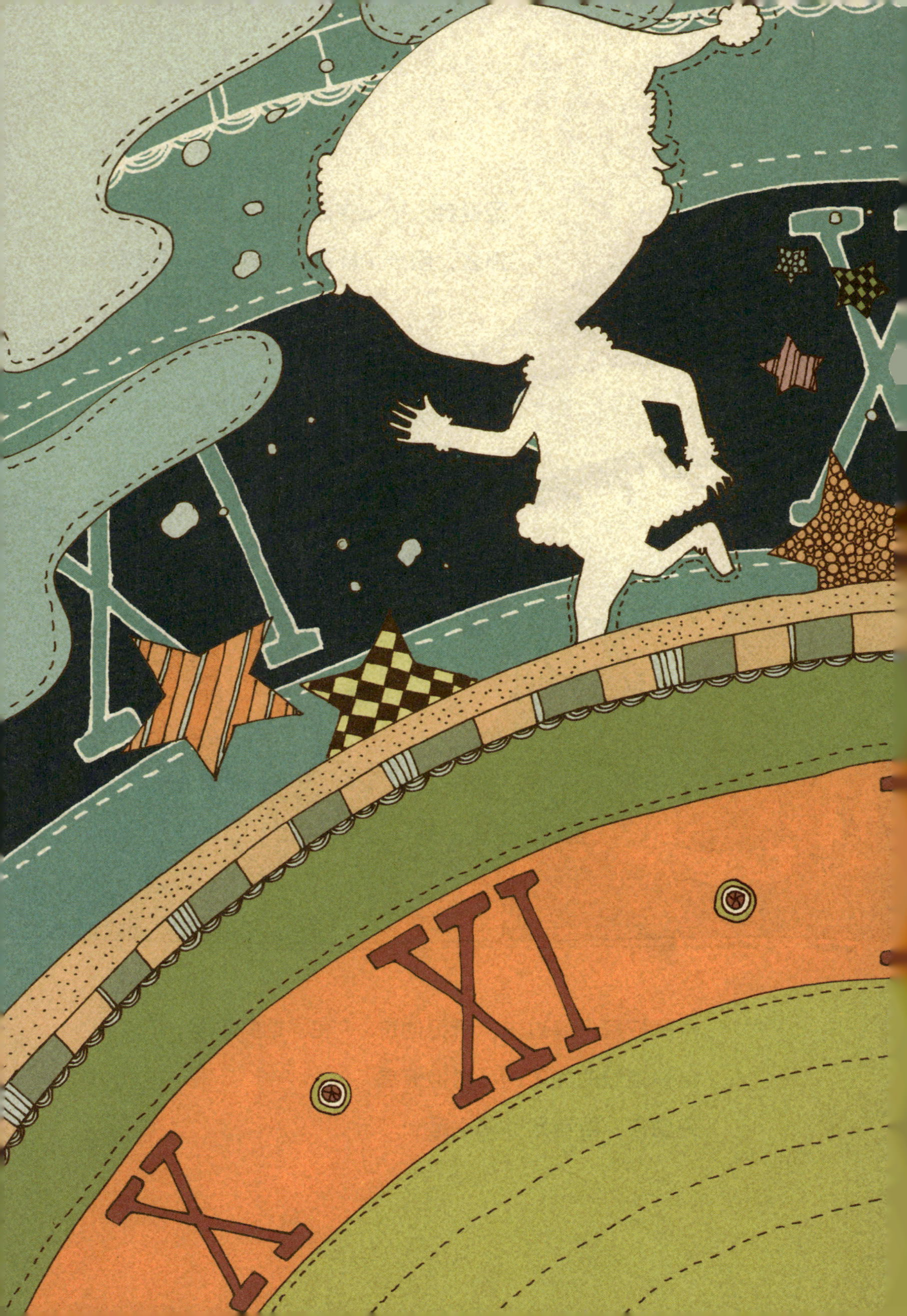
XI
X

时钟沉闷地响了几声,
"圣诞老人"没有说完,
就草草地收下,瞬间消失了。

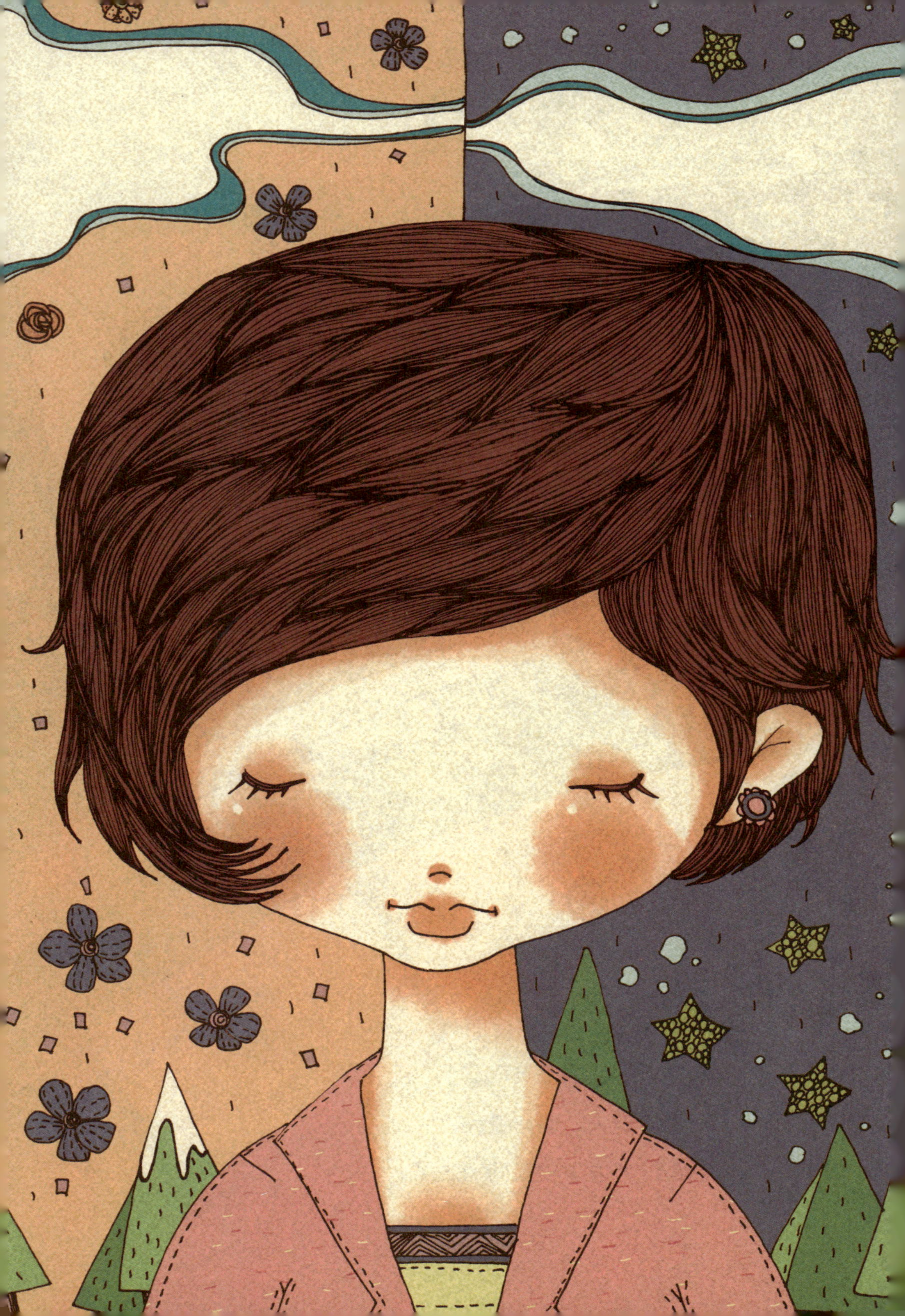

很多年后，木子依然不肯相信，
那些画面只是梦中的童话。
但生活严丝合缝，
没有给木子一点坚持的空间。

木子遇到过很多男孩，

有过无数的对白。

木子等的人总是变成别人的风景。

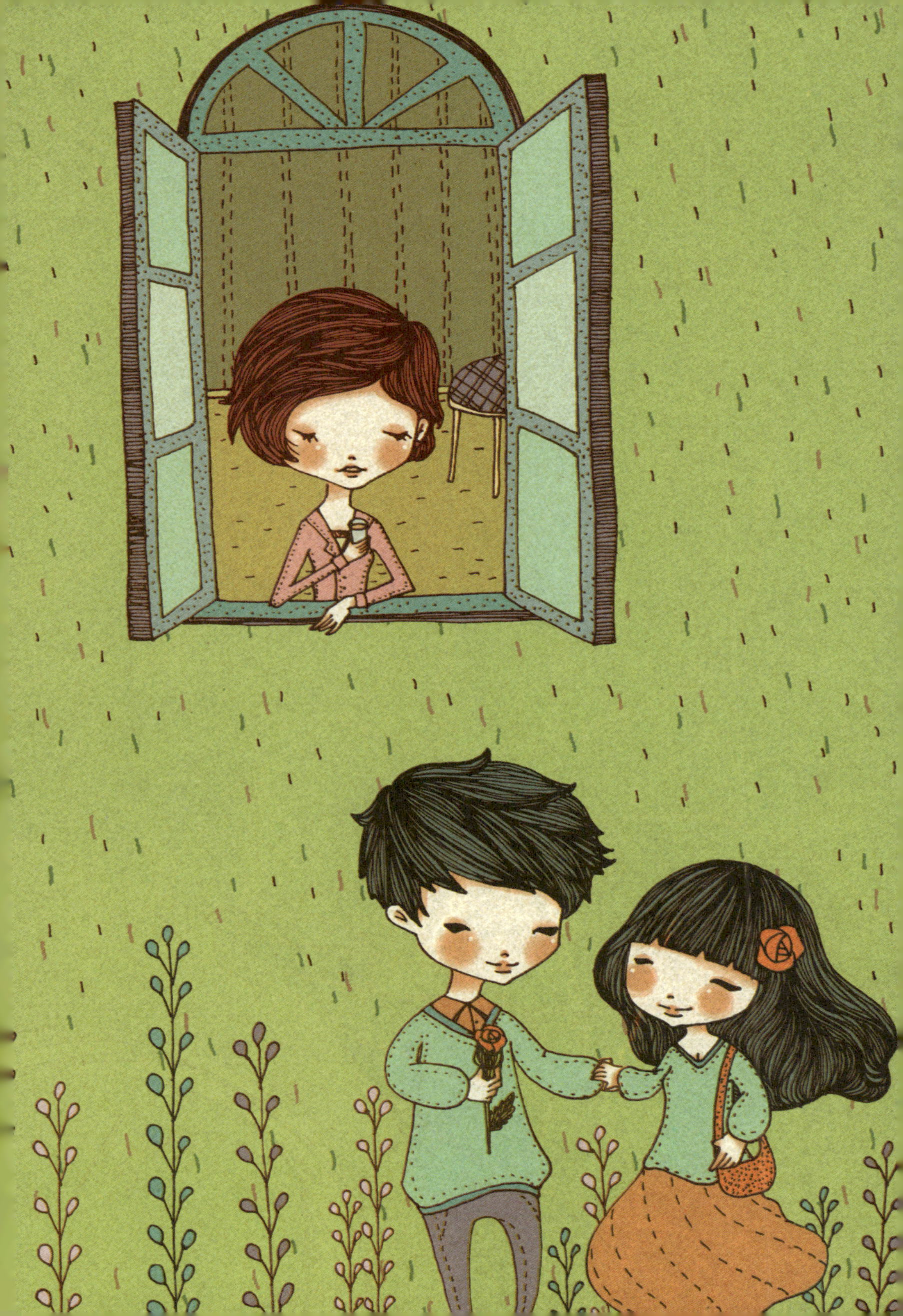

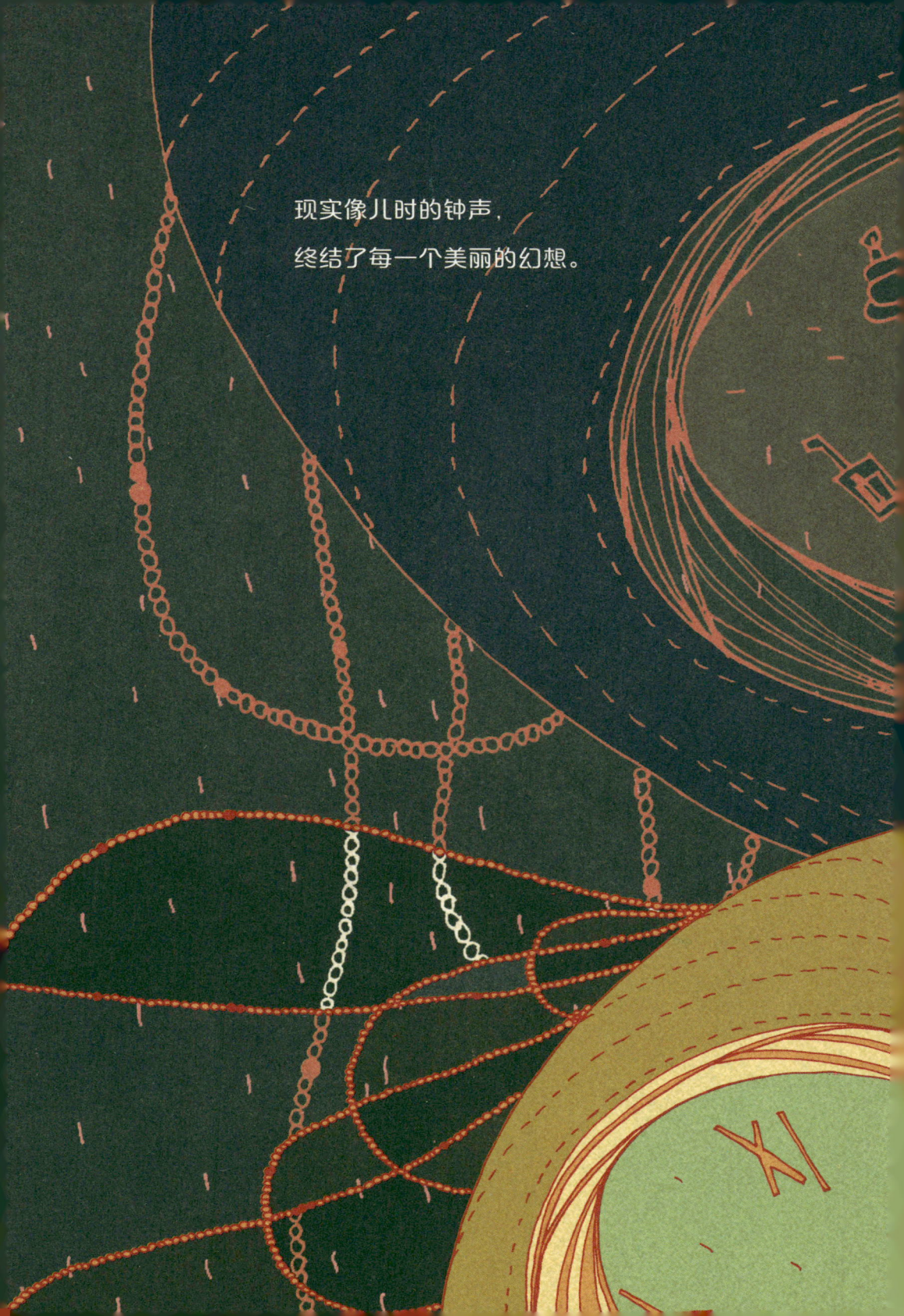

现实像儿时的钟声，
终结了每一个美丽的幻想。

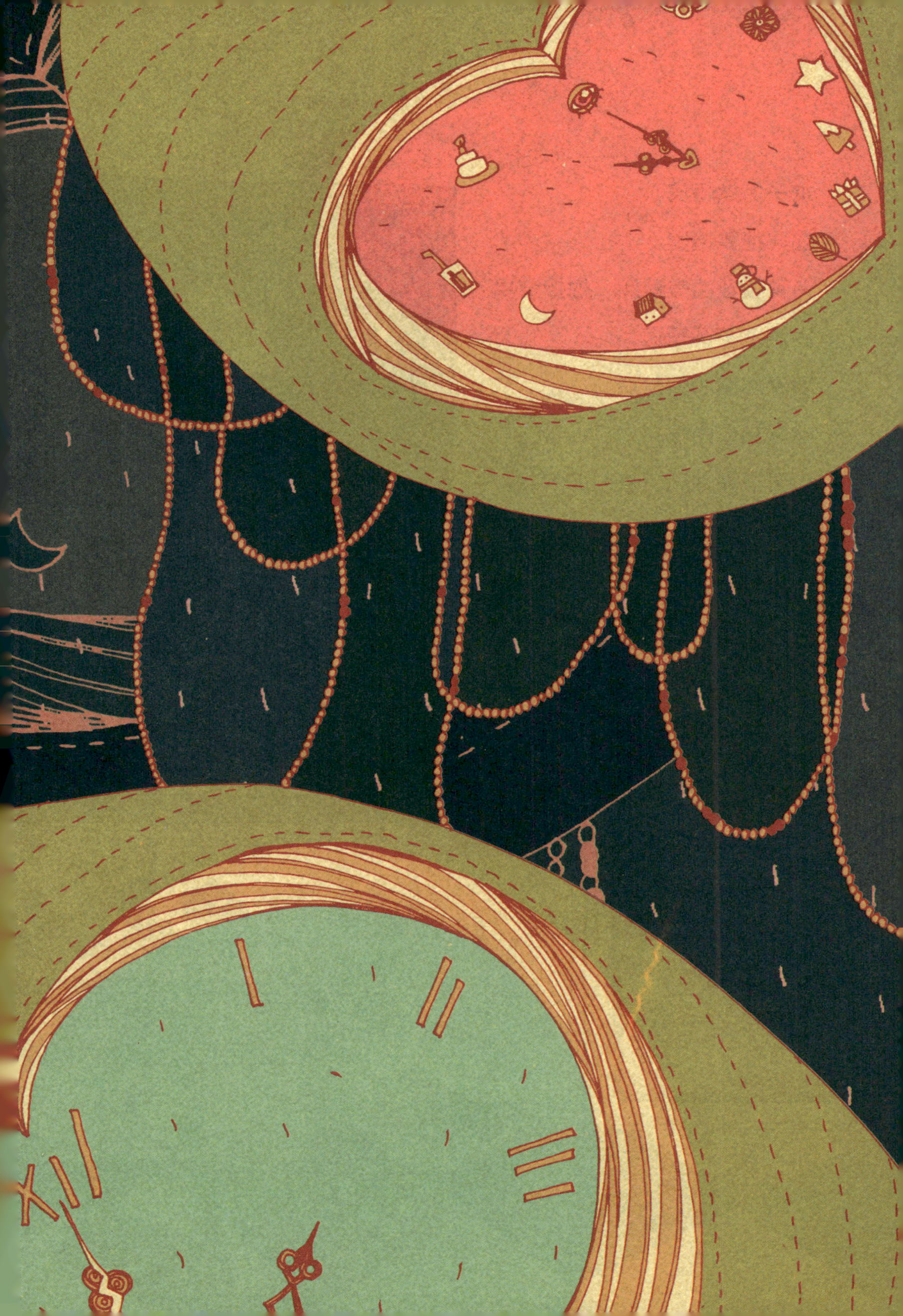

木子仍然相信，
在异地梦境里，
有种极致的美景叫"树抱流星"。
虽然木子不知道，
受尽情感的煎熬后，
哪里还有力气，
去寻找那种微乎其微的梦想。

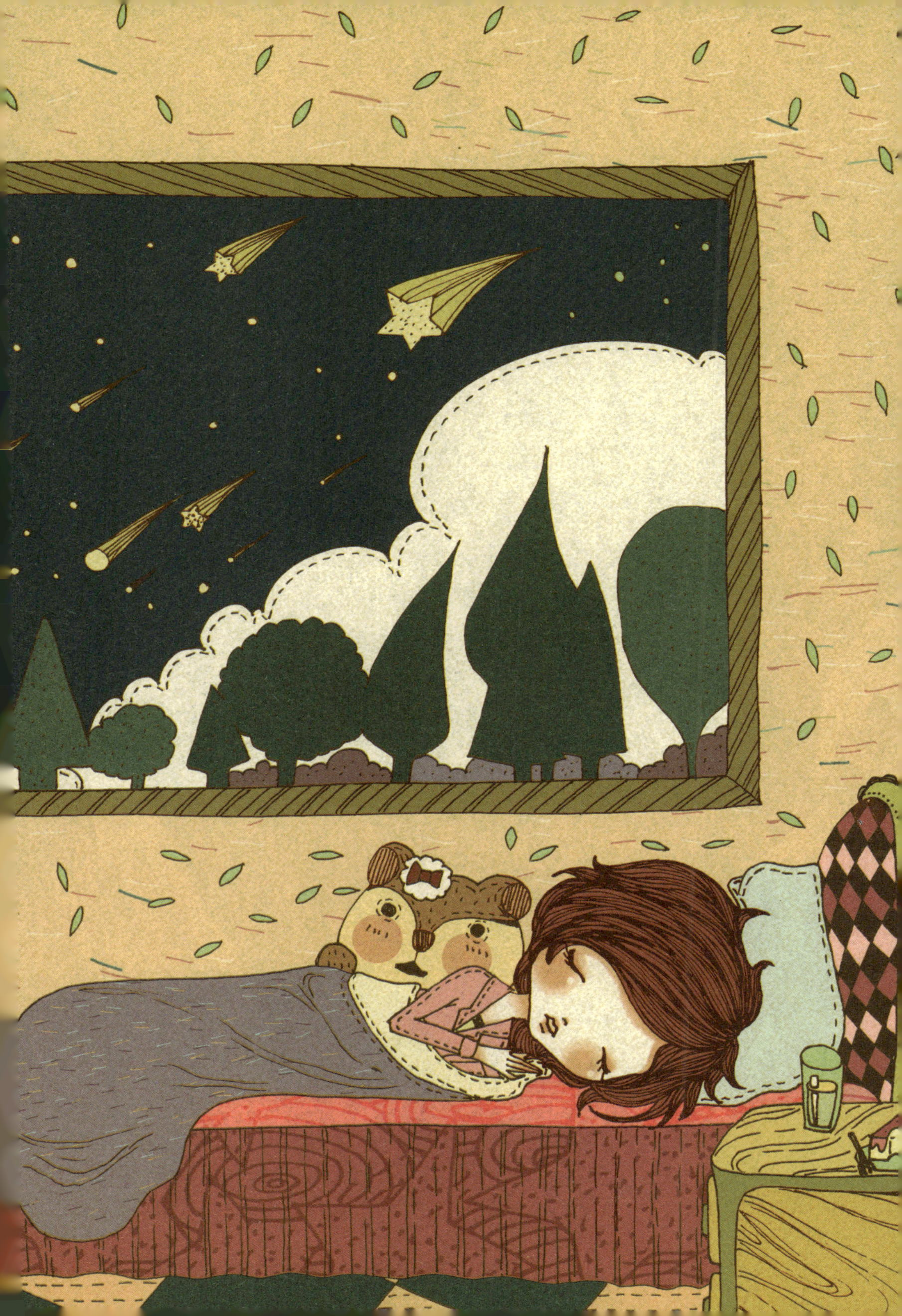

又逢圣诞夜，
此时的木子已经是名记者，
身处险地，前面是快要崩塌的山体，
附近的居民都已疏散。

木子见一个男孩穿行而过。
她想要救他，
呼喊着闯进无人之境，
却渐渐走进了一片废墟。

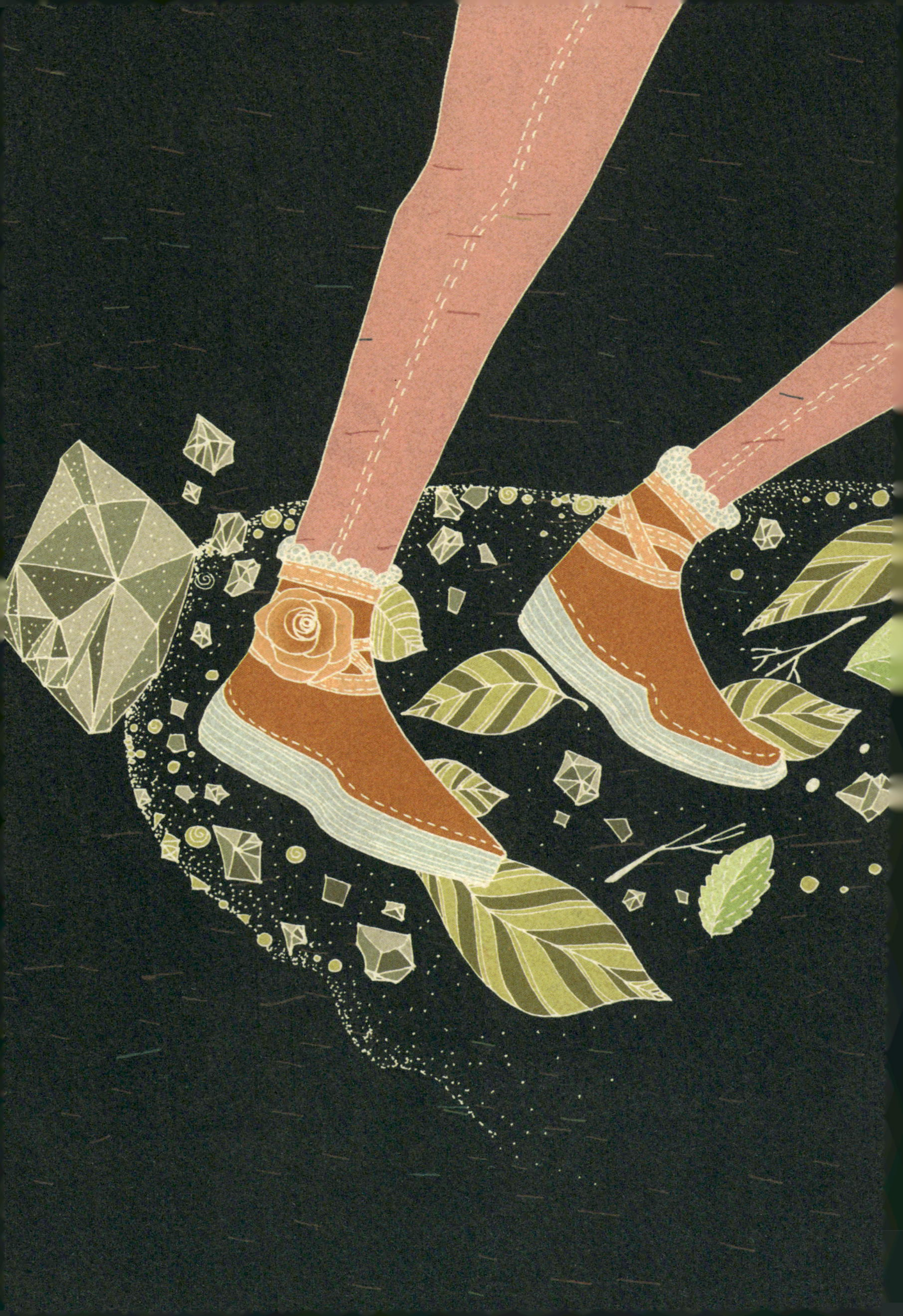

木子疲惫不堪，
无厘头地想起儿时的奇遇，
有种奇妙的力量叫作坚持，
在逆境之中，
让荒废了的梦想又亮了起来。

穿过废墟之后,
木子看见了"圣诞老人"所说的
"树抱流星"。

无数大大小小、
闪闪发亮的星,
拥入一棵枯树的怀抱,
涌出迷人的光彩。

原来天使的眼泪划过天际,掉落下来,都被积攒在这里。

木子也认出了它们，是"树抱流云"
"树抱烟花"和"树抱时光"。

周围也有一些树。
晶莹的，
绵软的，柔美的。

那些转瞬即逝的美好，
都被积攒着，
重新成型，
成为壮观的画面。

就像凤凰涅槃一样，
冲撞着她微弱的知觉。

"人们为了生活而奔波忙碌，
却忽略了生命璀璨的意义。
逆境峰回路转处，
终究会有惊心动魄的美。"
当年的"圣诞老人"出现在眼前，
一脸帅气，一如当年。

"也许我还没有被生活打败。
木子听见自己说，
"至少我足够幸运。"

流年飞逝，诸多不合心意。

活着，便是一切安好。

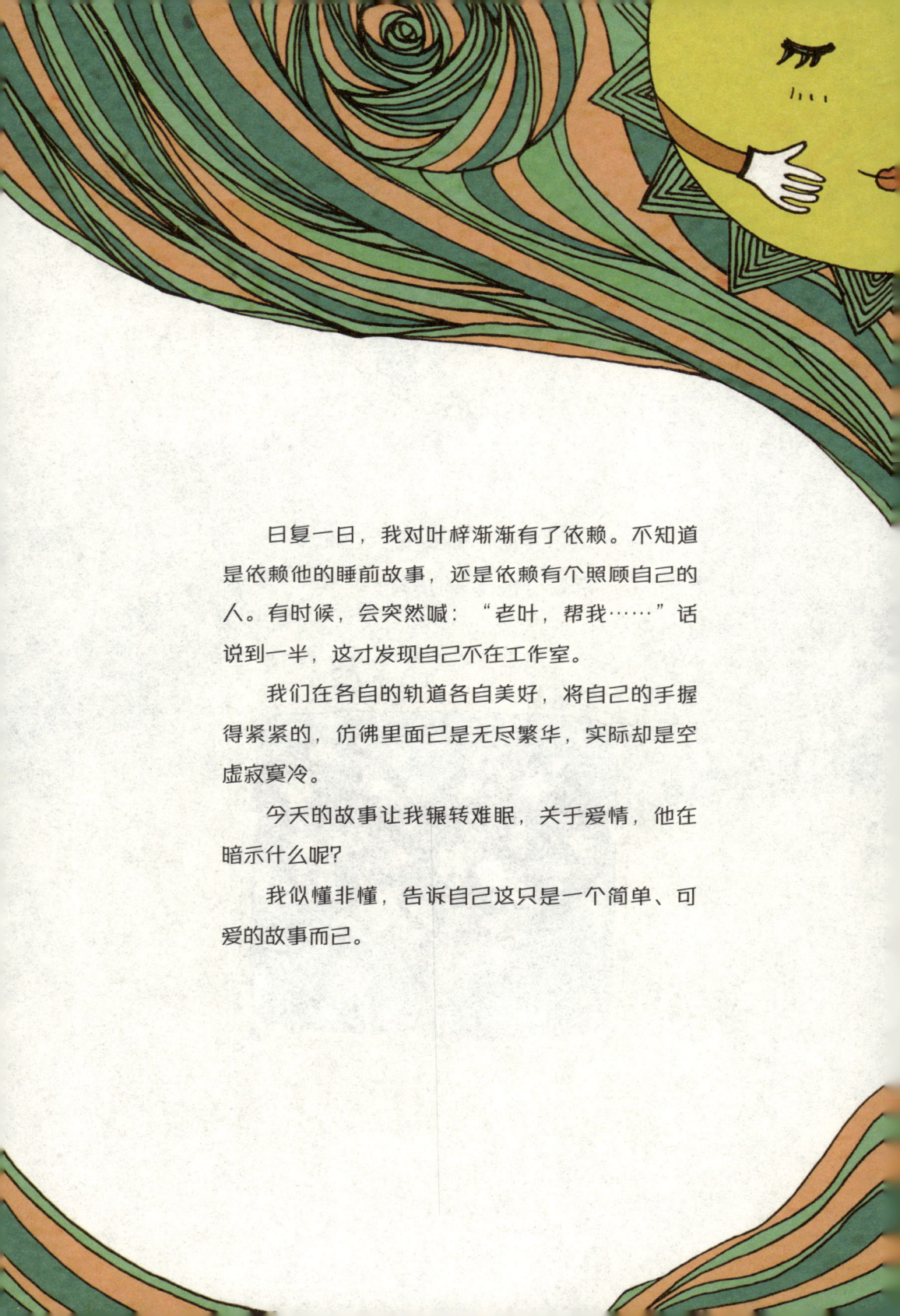

日复一日，我对叶梓渐渐有了依赖。不知道是依赖他的睡前故事，还是依赖有个照顾自己的人。有时候，会突然喊："老叶，帮我……"话说到一半，这才发现自己不在工作室。

我们在各自的轨道各自美好，将自己的手握得紧紧的，仿佛里面已是无尽繁华，实际却是空虚寂寞冷。

今天的故事让我辗转难眠，关于爱情，他在暗示什么呢？

我似懂非懂，告诉自己这只是一个简单、可爱的故事而已。

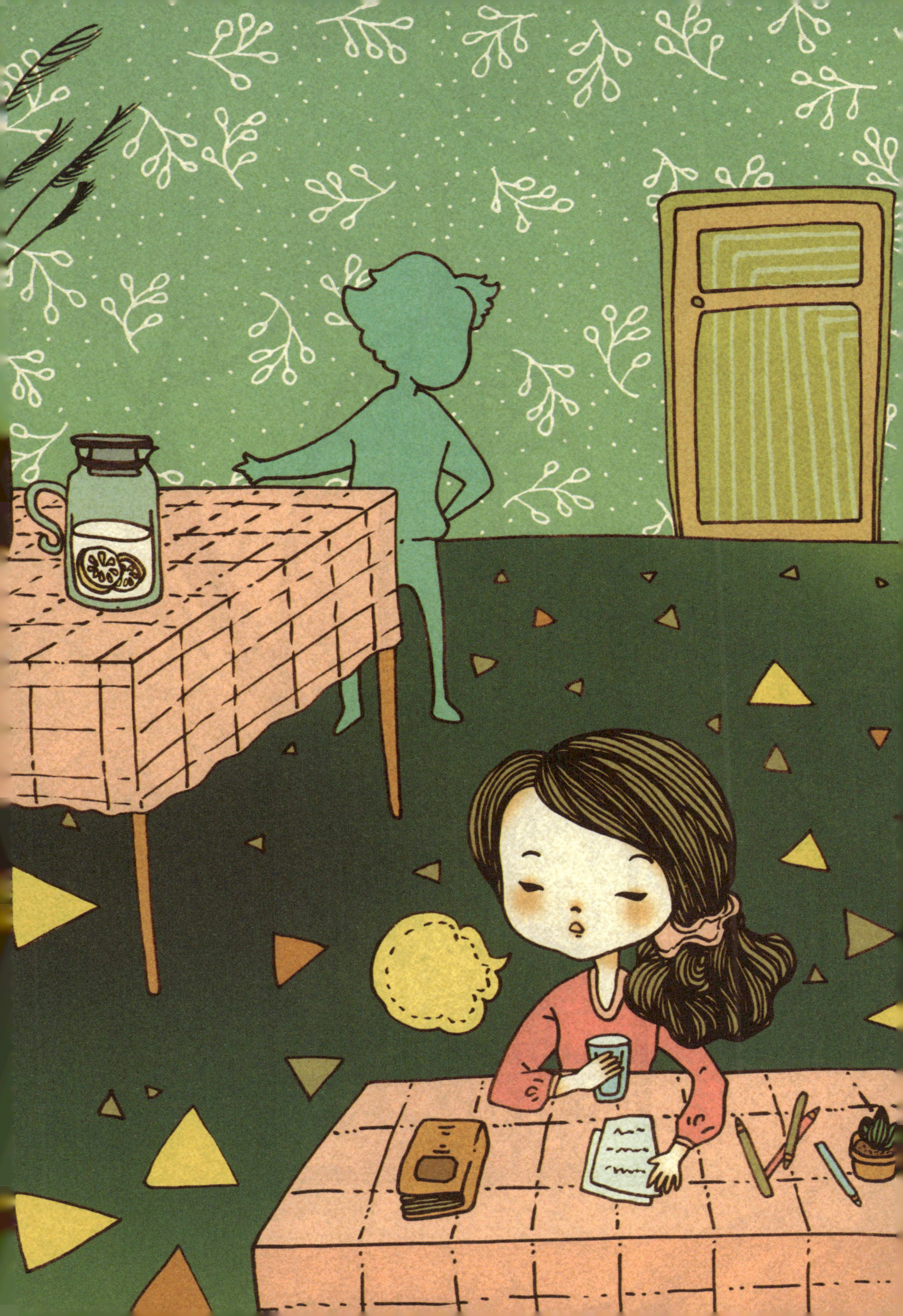

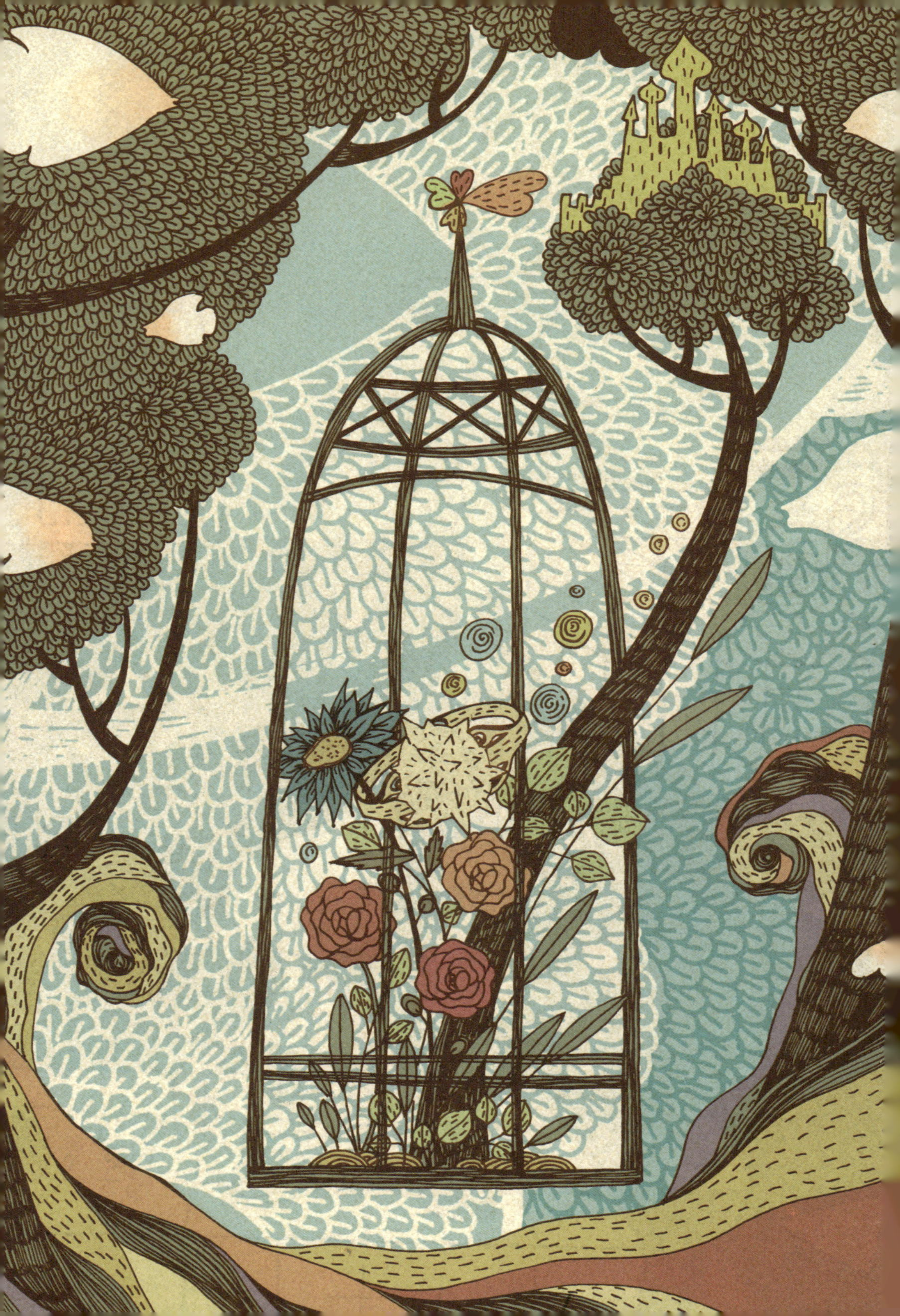

榴梿戒指

有种爱情，褪去防备的尖刺，才看得清真实的自己温暖柔和，闪闪发光。

我是被遗失在悠然城的一枚戒指。

有着坚硬斑驳的外壳，

细而长的刺保护着自己，

同时也囚禁着自己。

没有谁可以拥有我,
我婉拒每一份邀请。
要知道,
不懂旋律的戒指,
无法在指间舞蹈。

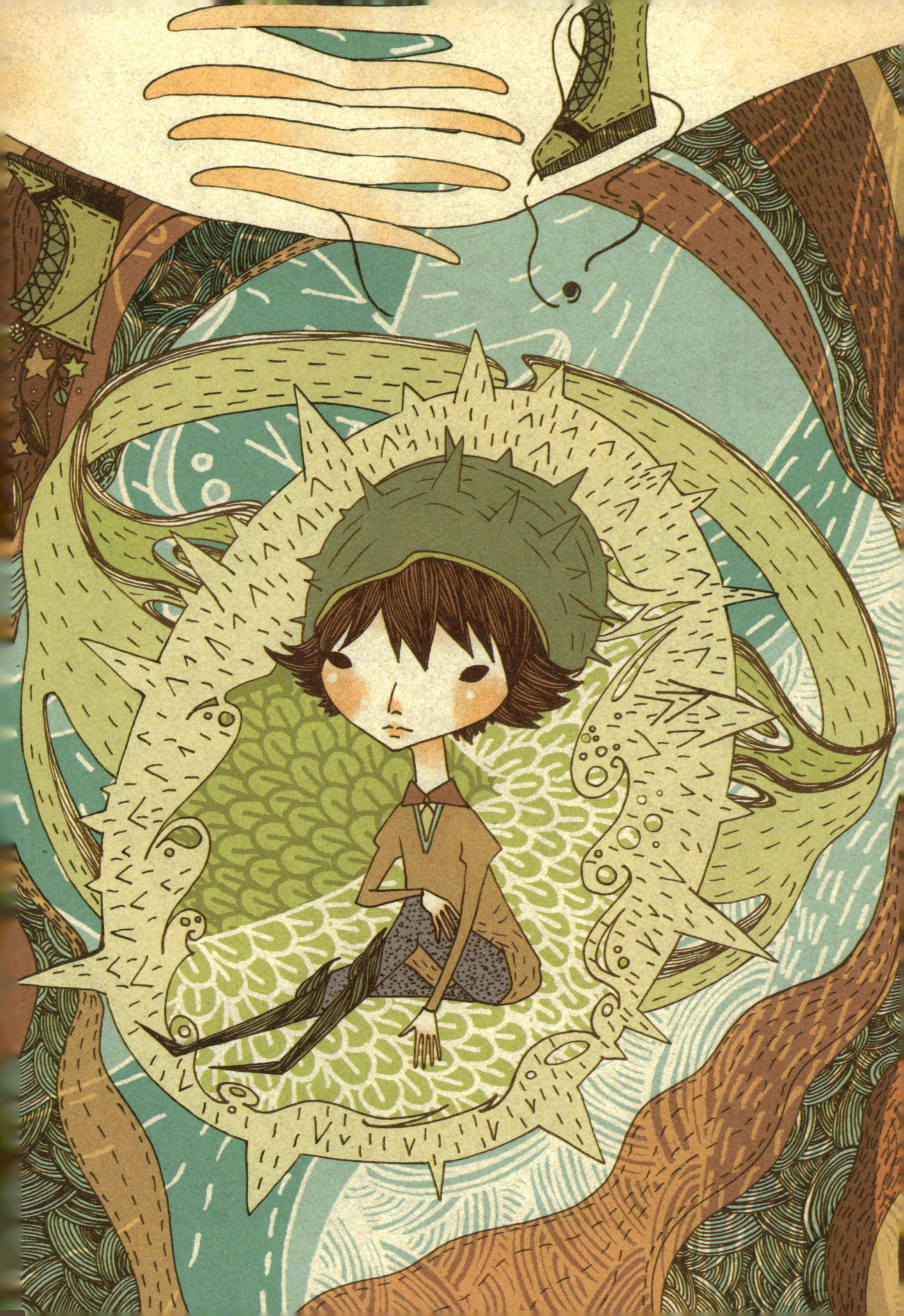

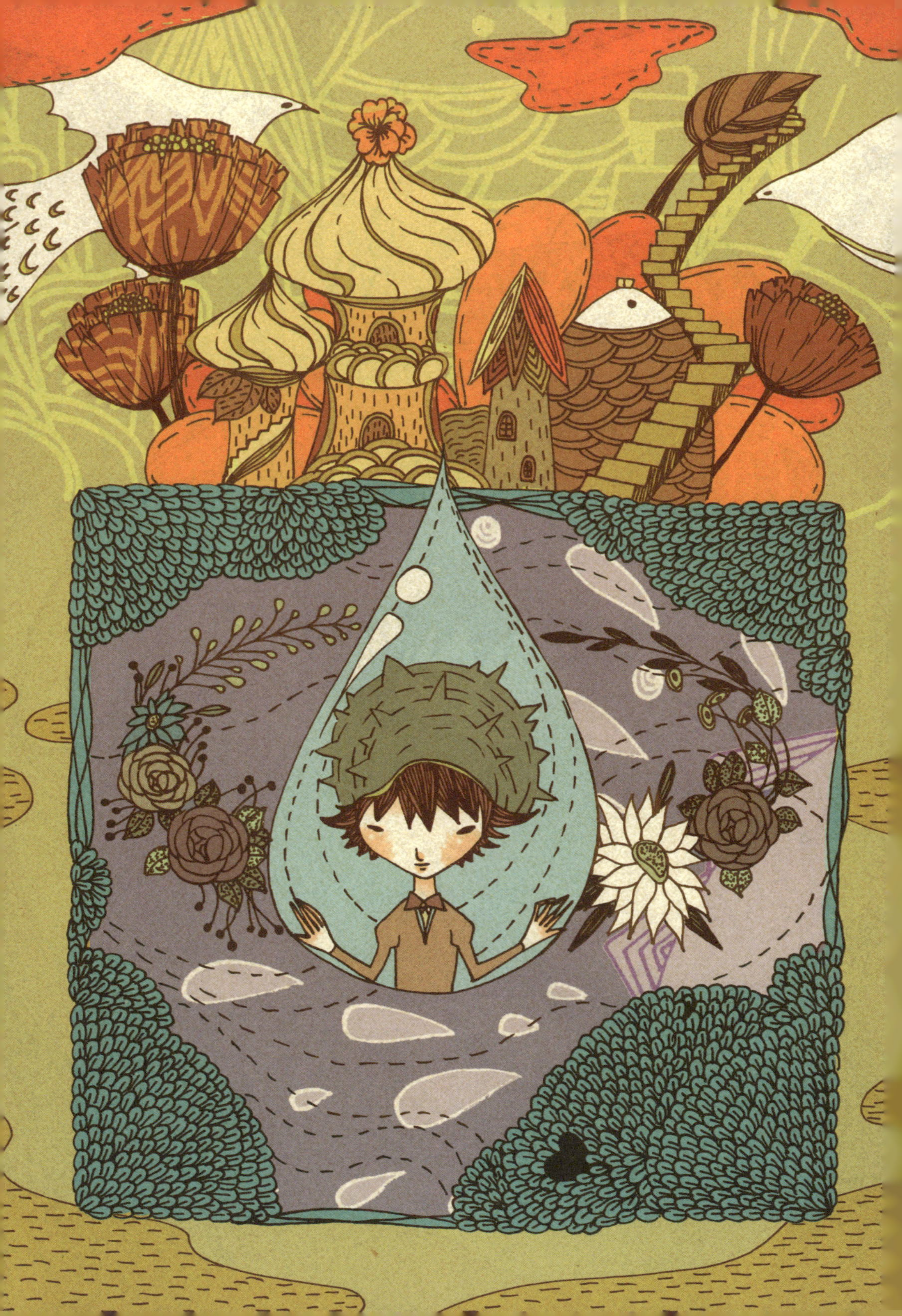

至于悠然城，
精灵叫它仙境。
也是另一个世界的人们，
翻着月光，吃着巧克力，
跑进树林深处苦苦寻找的童话世界。
而我的故乡叫"现实"，
我与这里格格不入，
像水滴镶在火焰里。

时光左手开着玩笑嬉闹，
右手打磨着记忆。
随波逐流中，名字竟然被自己淡忘，
躯体渐渐生出一片暖绿色的锈迹，
像极了榴梿。

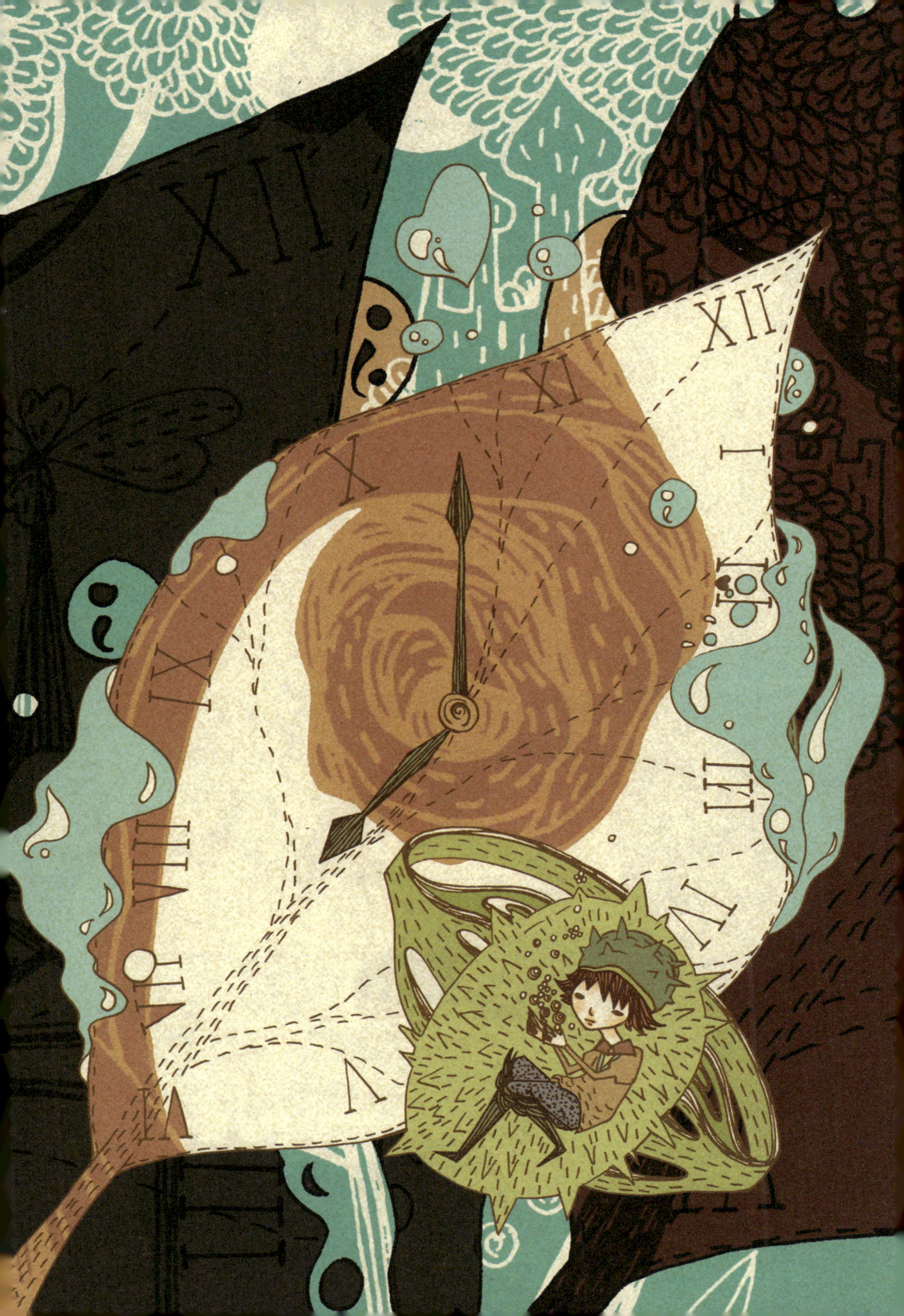

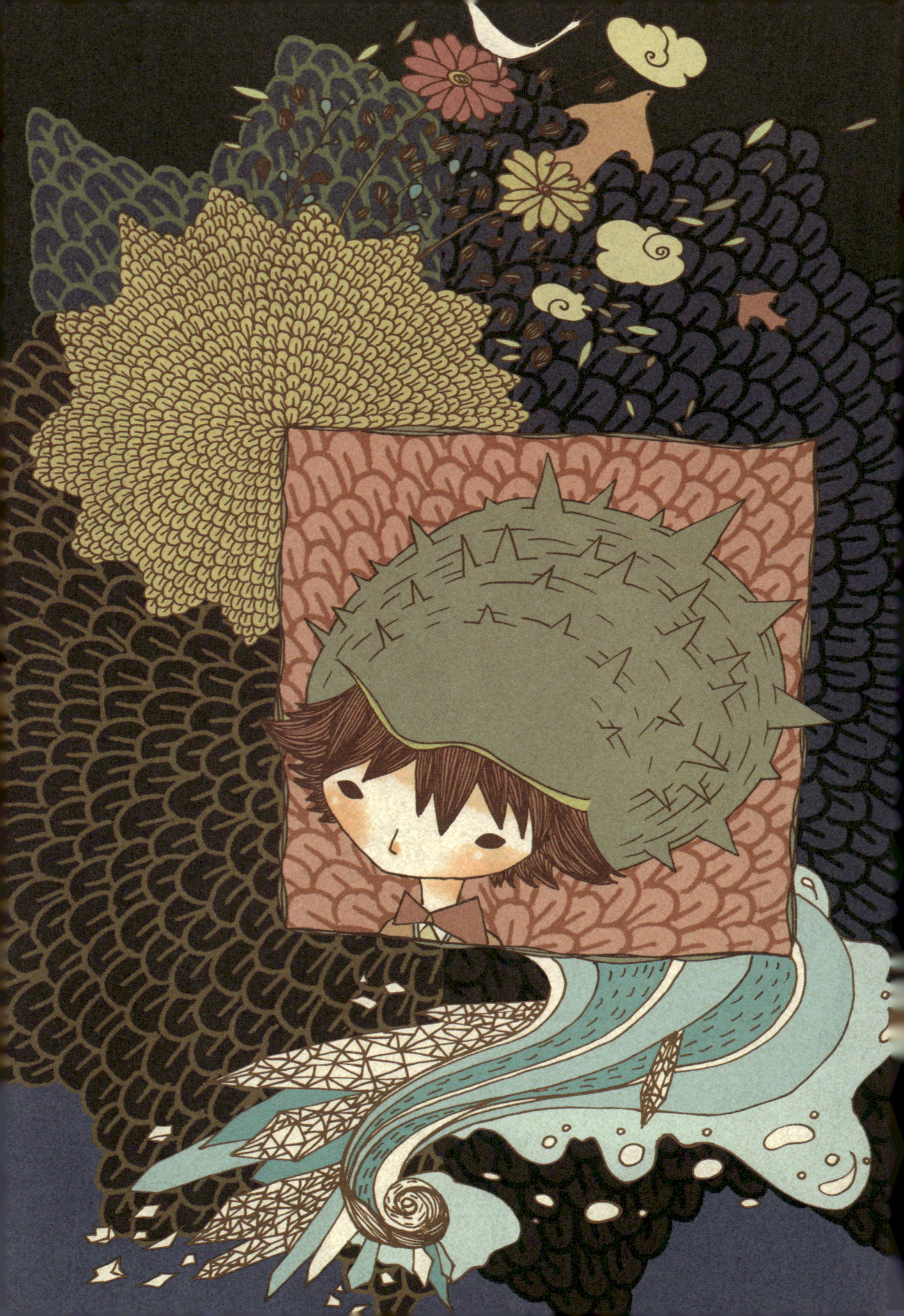

看着暖阳开出风景，
听着流水结成水晶，
我睁大了眼睛警惕着，
从来没有休息过，
从来没有欣赏过，
从来没有期待过。

公主嫁给了王子,

孩子分到了糖果,

不给人怀抱,怎么谈拥有?

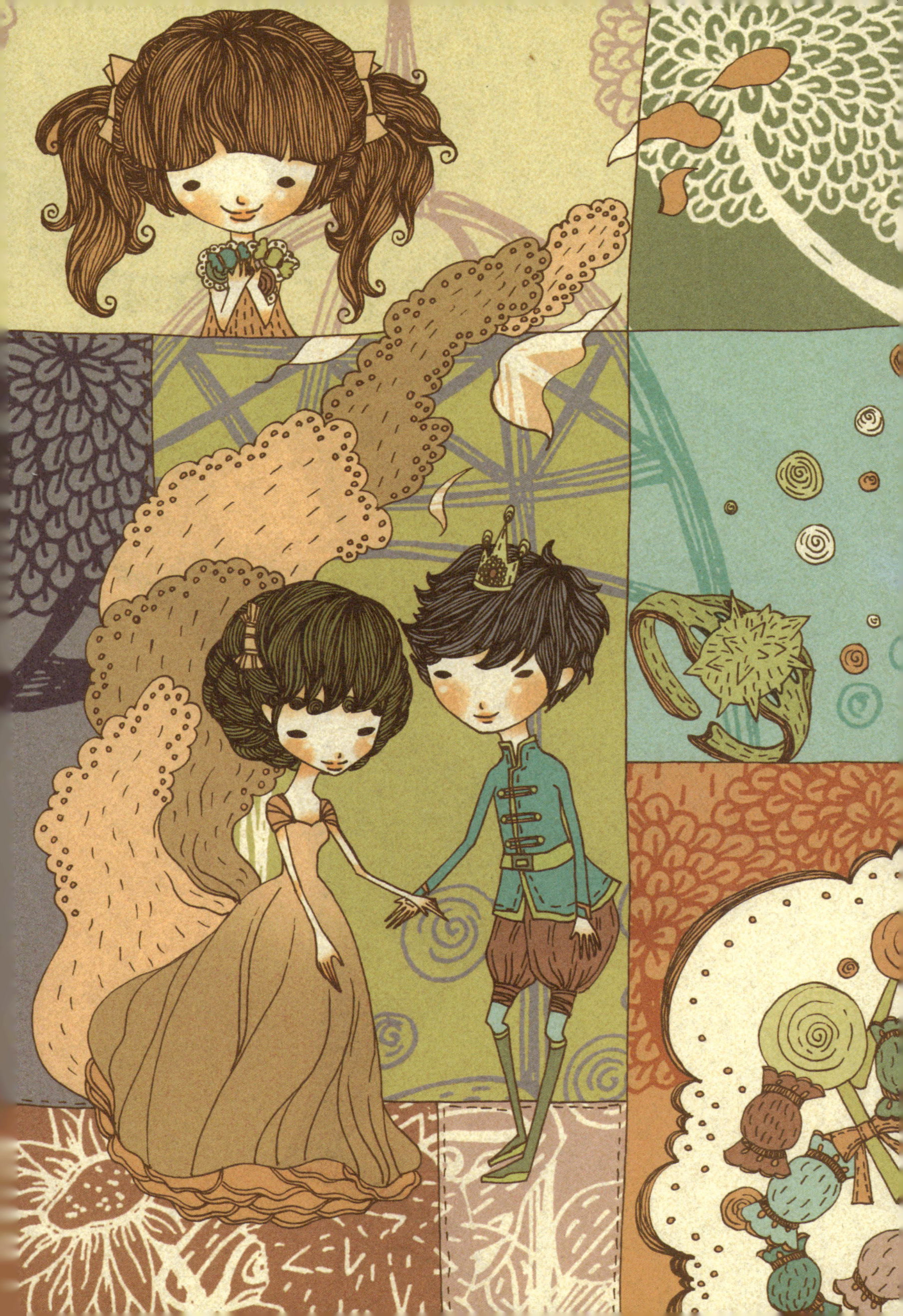

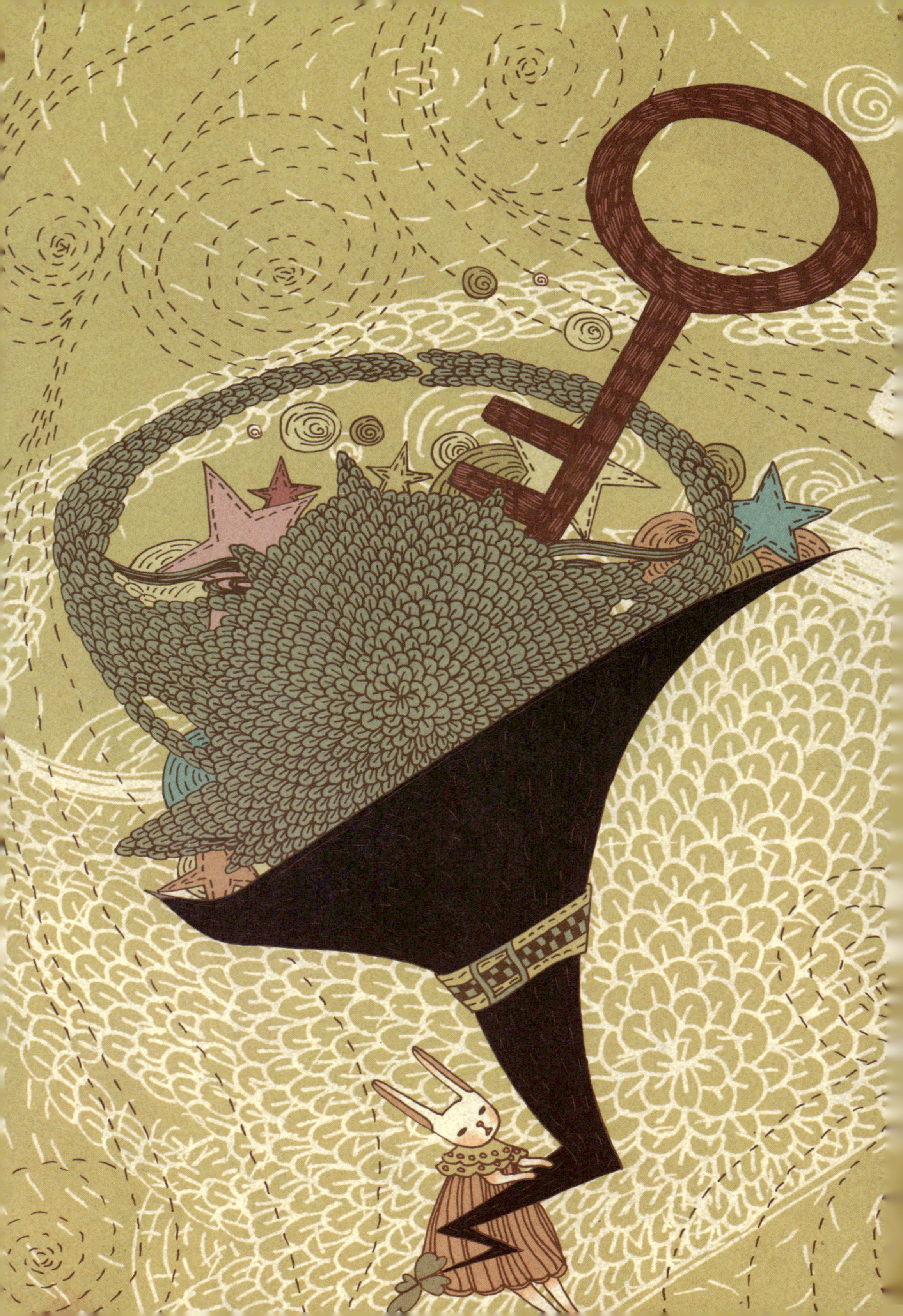

"连接悠然城和你的世界，
钥匙近在眼前。"
路过的魔法师话里有话。

没有梦想的现实锈迹斑斑，
是时候修补了。
兔子枕着落叶，
鱼儿各自美满，
我慢慢闭上眼睛，
贪婪地睡去。

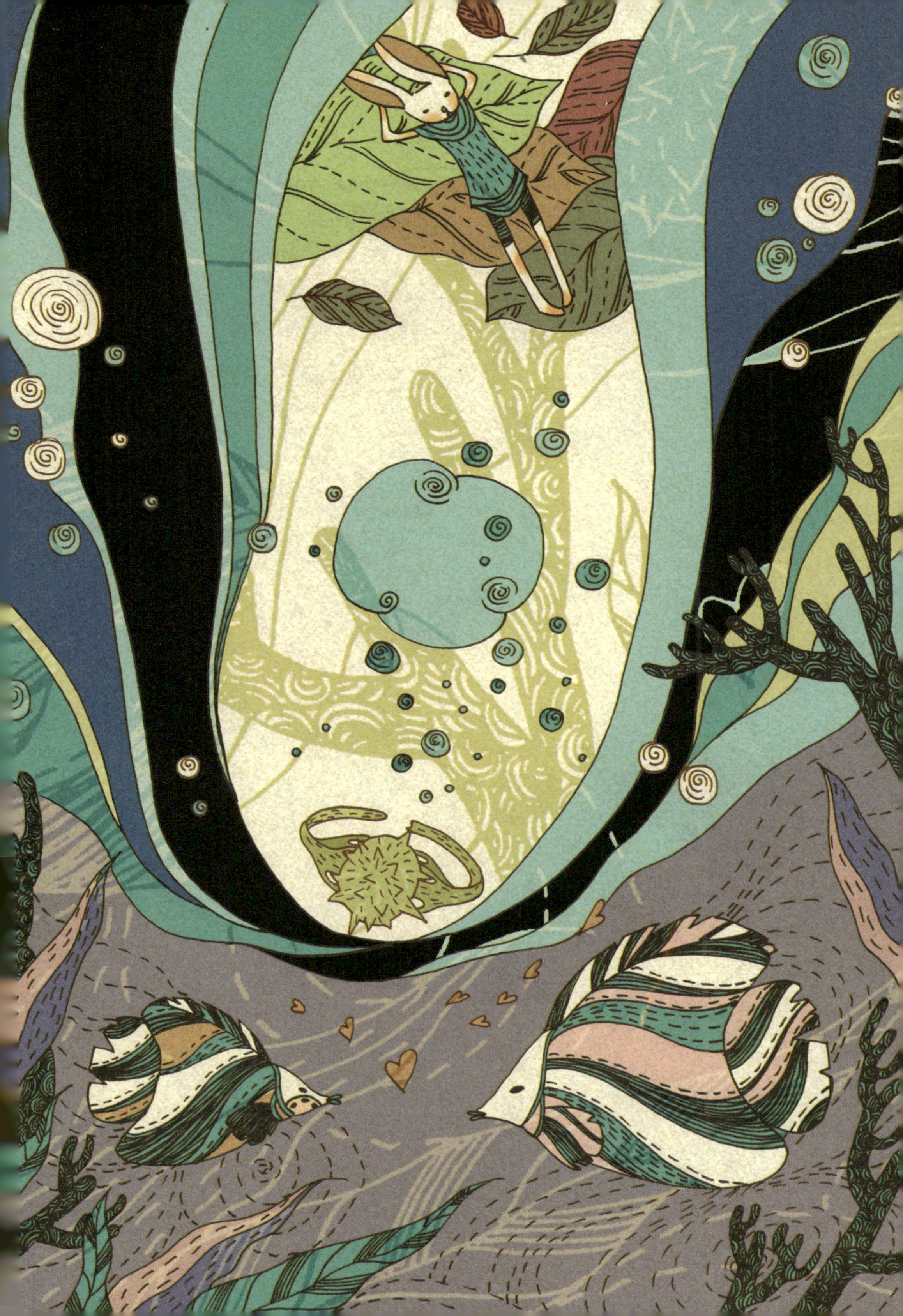

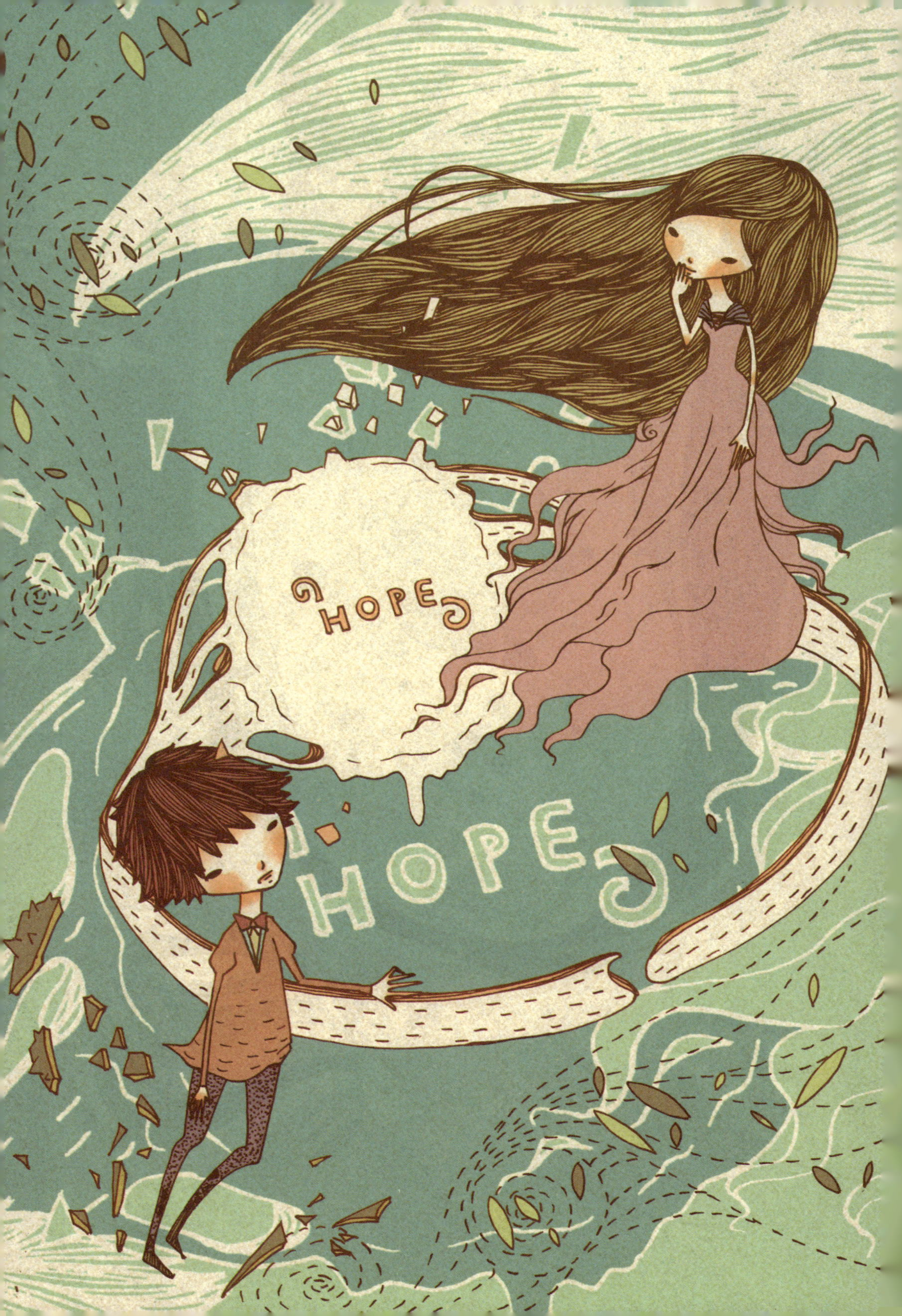
HOPE
HOPE

夜似乎也喝醉了，
风和草相互追逐。
我最柔软的部分，
生出一个白皙的女子。
她浅浅地笑着，
呼唤刻在戒指后面的我的名字：
HOPE（希望）。

醒来的时候，
我已经褪去锋利的刺，
成为一枚圆润光洁的戒指。
这才是我最真实的样子，
清新美好，
闪闪发光。

COVE·520

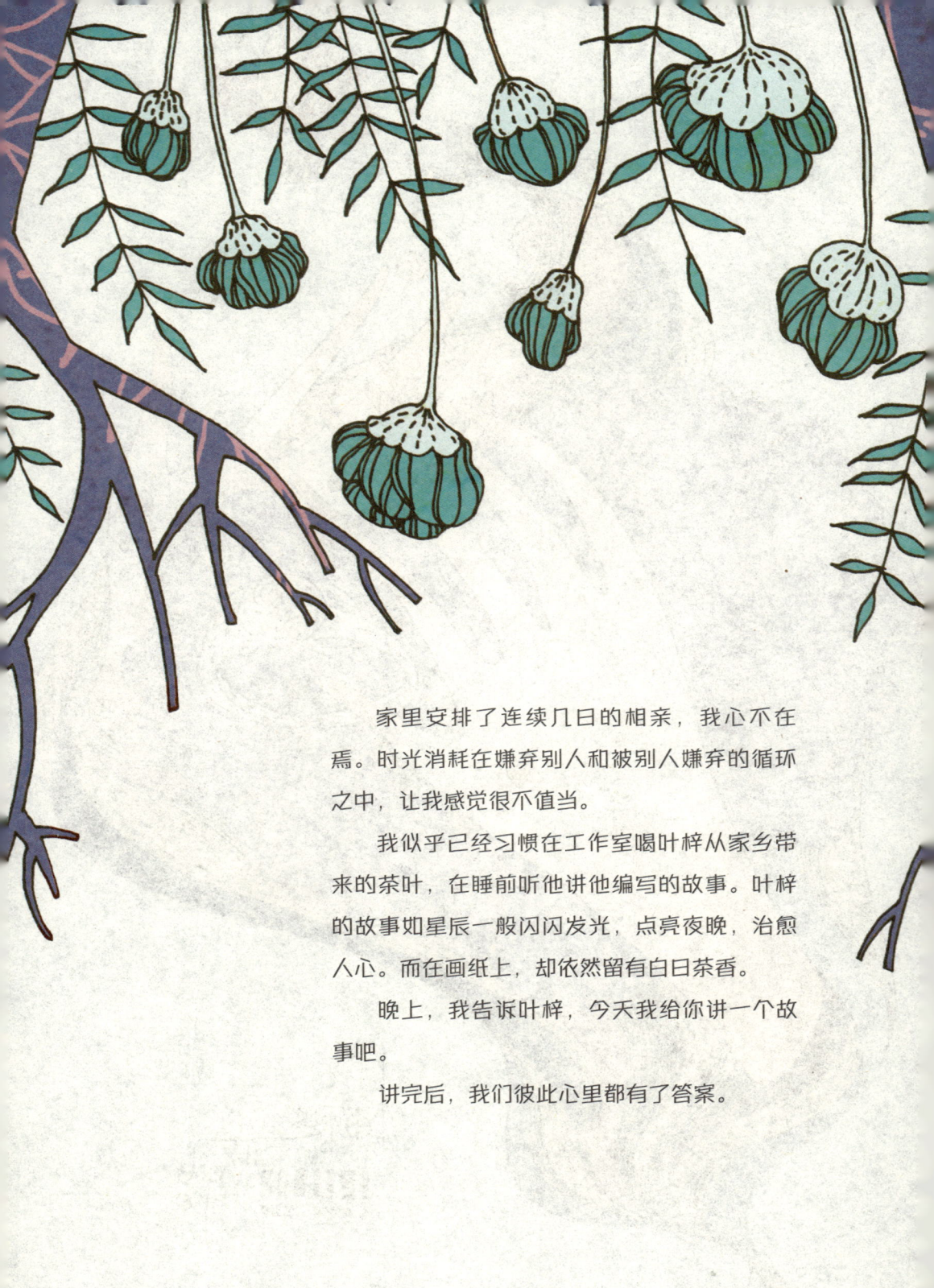

家里安排了连续几日的相亲，我心不在焉。时光消耗在嫌弃别人和被别人嫌弃的循环之中，让我感觉很不值当。

　　我似乎已经习惯在工作室喝叶梓从家乡带来的茶叶，在睡前听他讲他编写的故事。叶梓的故事如星辰一般闪闪发光，点亮夜晚，治愈人心。而在画纸上，却依然留有白日茶香。

　　晚上，我告诉叶梓，今天我给你讲一个故事吧。

　　讲完后，我们彼此心里都有了答案。

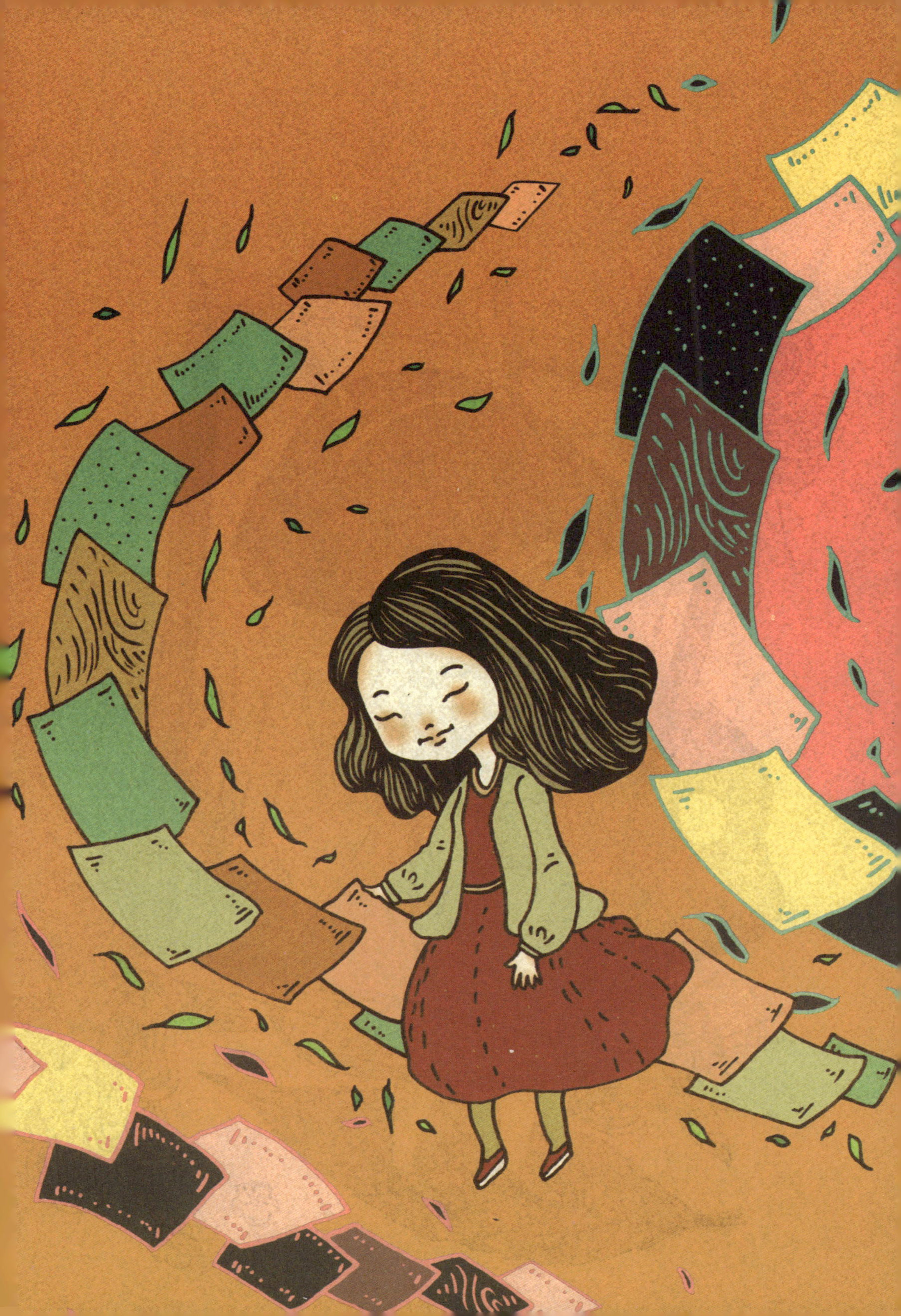

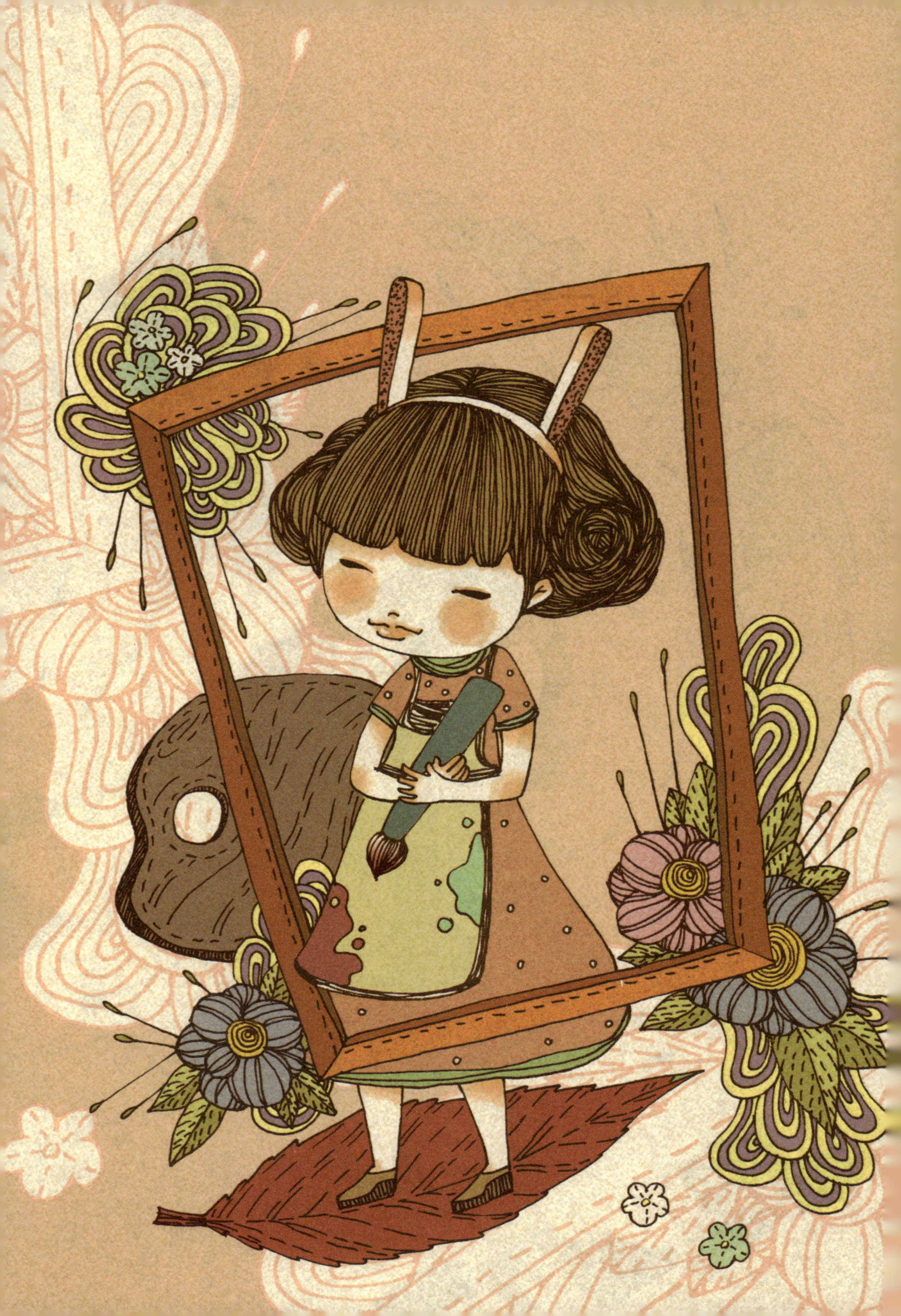

兔子小姐

有种爱情，像纷飞的落叶，绕了一大圈，终于停在自己脚边。

兔子小姐是一个爱画画的胖姑娘。

月光旋转着公园的木马，

笨拙的她到了挥霍青春的时光。

很快，兔子小姐恋爱了。

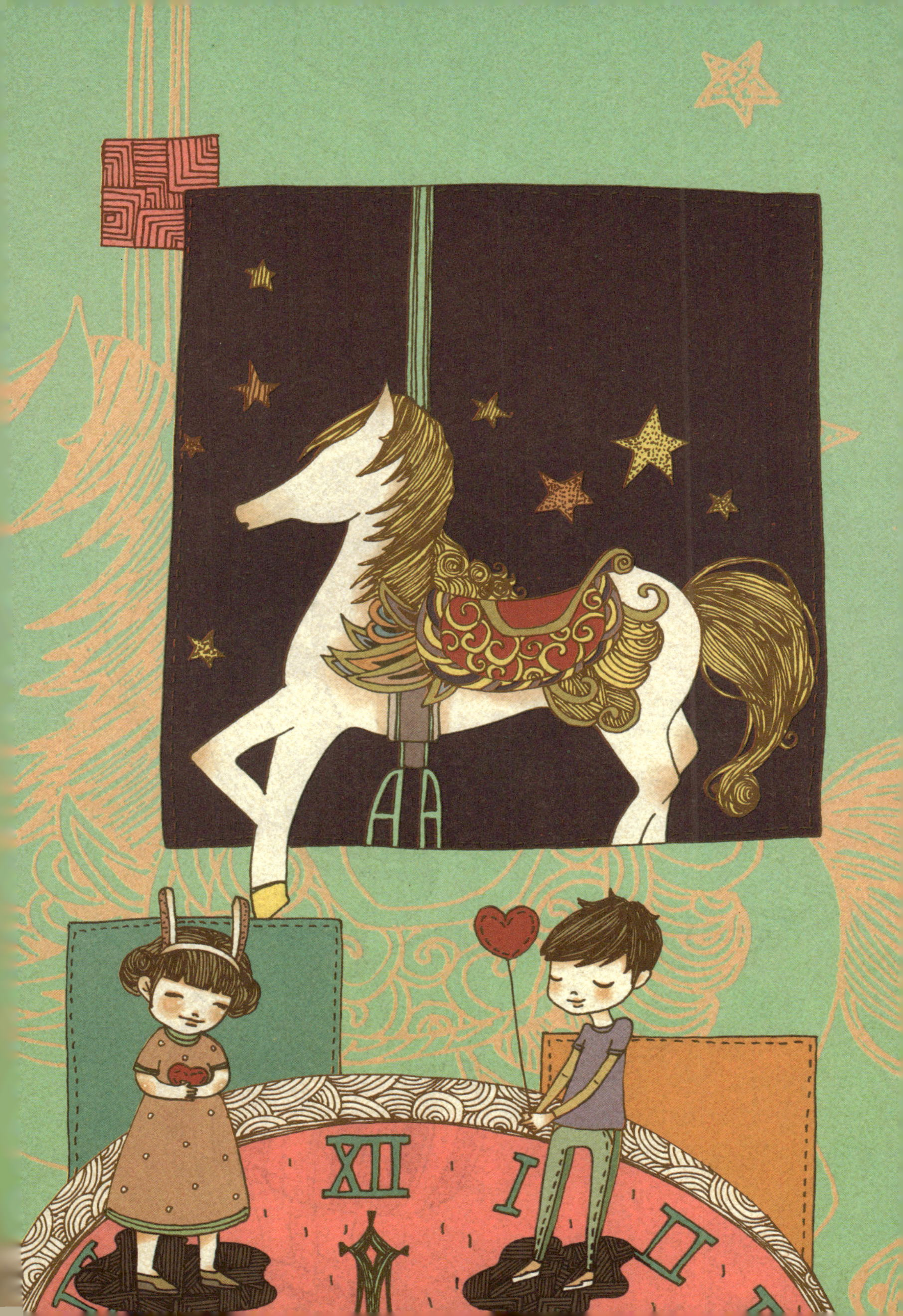

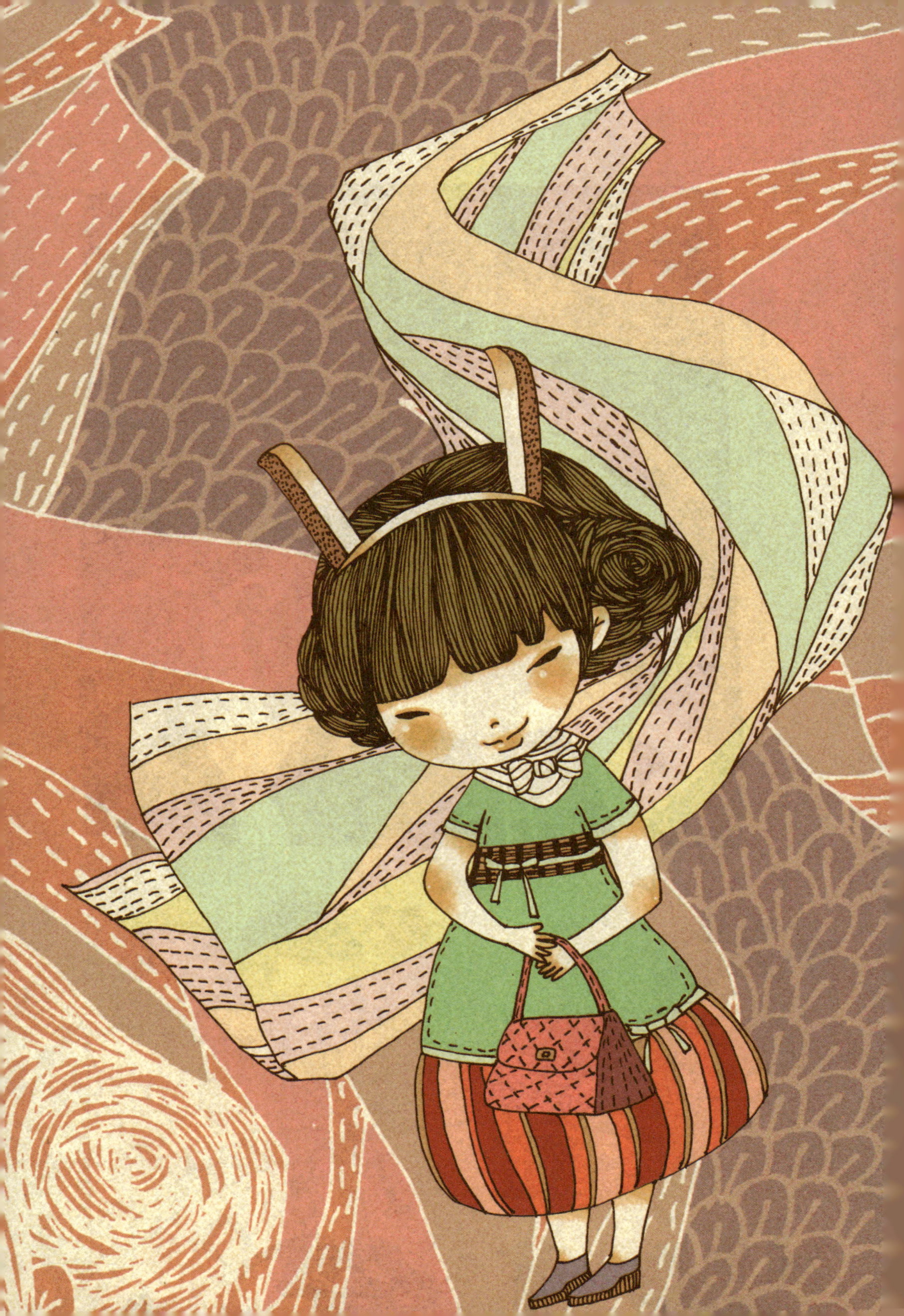

不爱打扮的她带上一块白色丝巾，

打好看的结，

等待温暖爬上空白，

可是……

1号男友说：

我不喜欢太胖的女孩。

说完就离她而去。

一片落叶砸在兔子小姐的鼻子上，
她抹着眼泪，
在方丝巾上画了第一片枯叶。

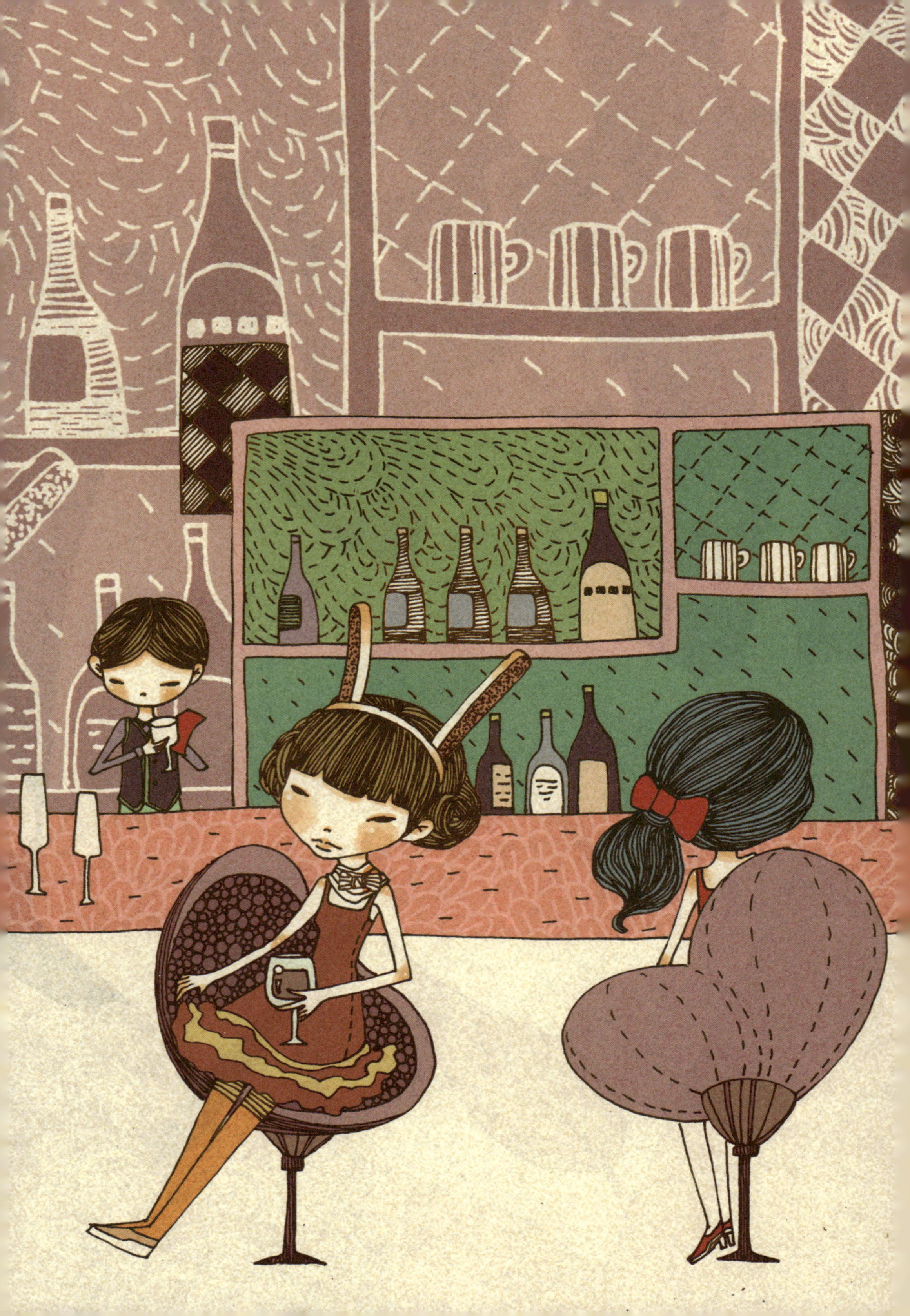

兔子小姐努力减肥，

瘦成一道闪电。

她穿紧身的吊带，

杏色的长袜，

和朋友泡在酒吧。

2号男友说:

"我受不了妖娆和坏坏的女孩,
我喜欢文静、乖巧的女孩。"
说完,他悄然离开了。

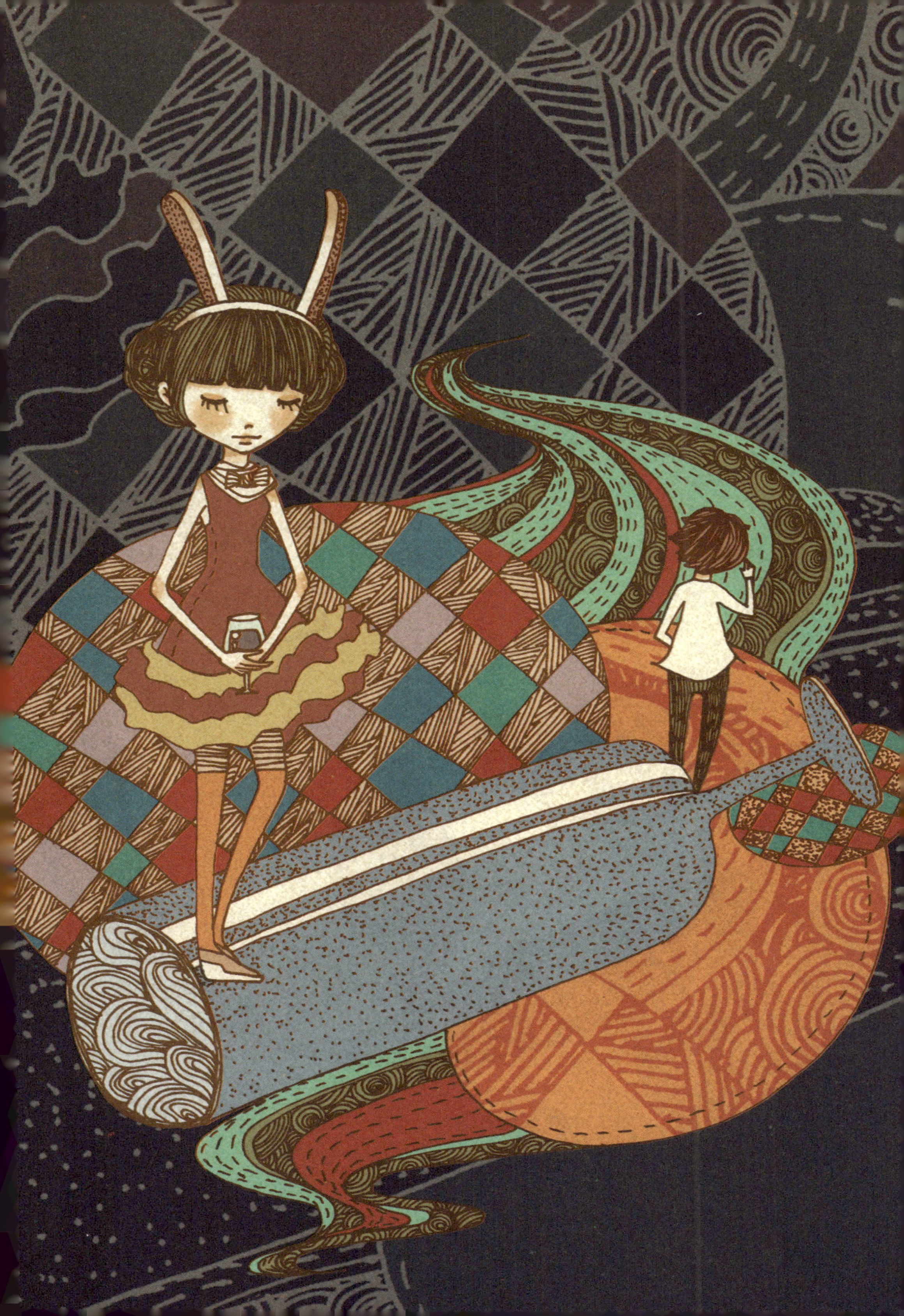

她灌进一杯红酒，
在方丝巾上画了第二片枯叶。

兔子小姐换了一袭雪纺长裙，
加上长发飘飘，
成了甜美森女风。

3号男友说：

"喜欢短发的女孩，干净利落。"

兔子小姐真想打他一记耳光呀，

却只是把自己的手砸在了咖啡桌上。

她用疼痛过的手握住画笔，
在方丝巾上画了第三片枯叶。

她哼着歌词剪成短发，
整齐的刘海盖住了忧伤。

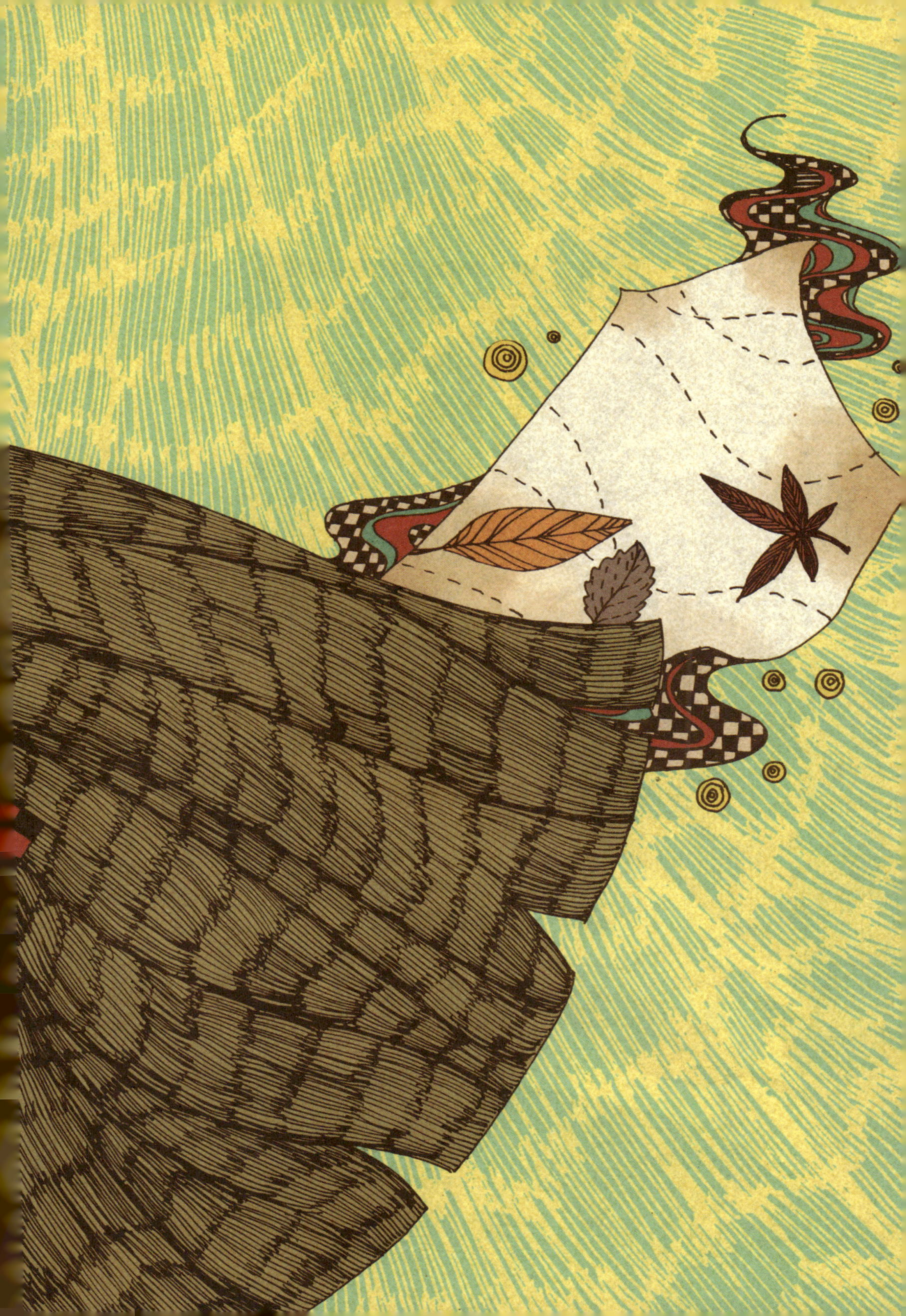

4号男友无理由劈腿后，兔子小姐在方丝巾上画了第四片枯叶。

兔子小姐抱着被子大哭一场，
多了几分忧郁的气质。

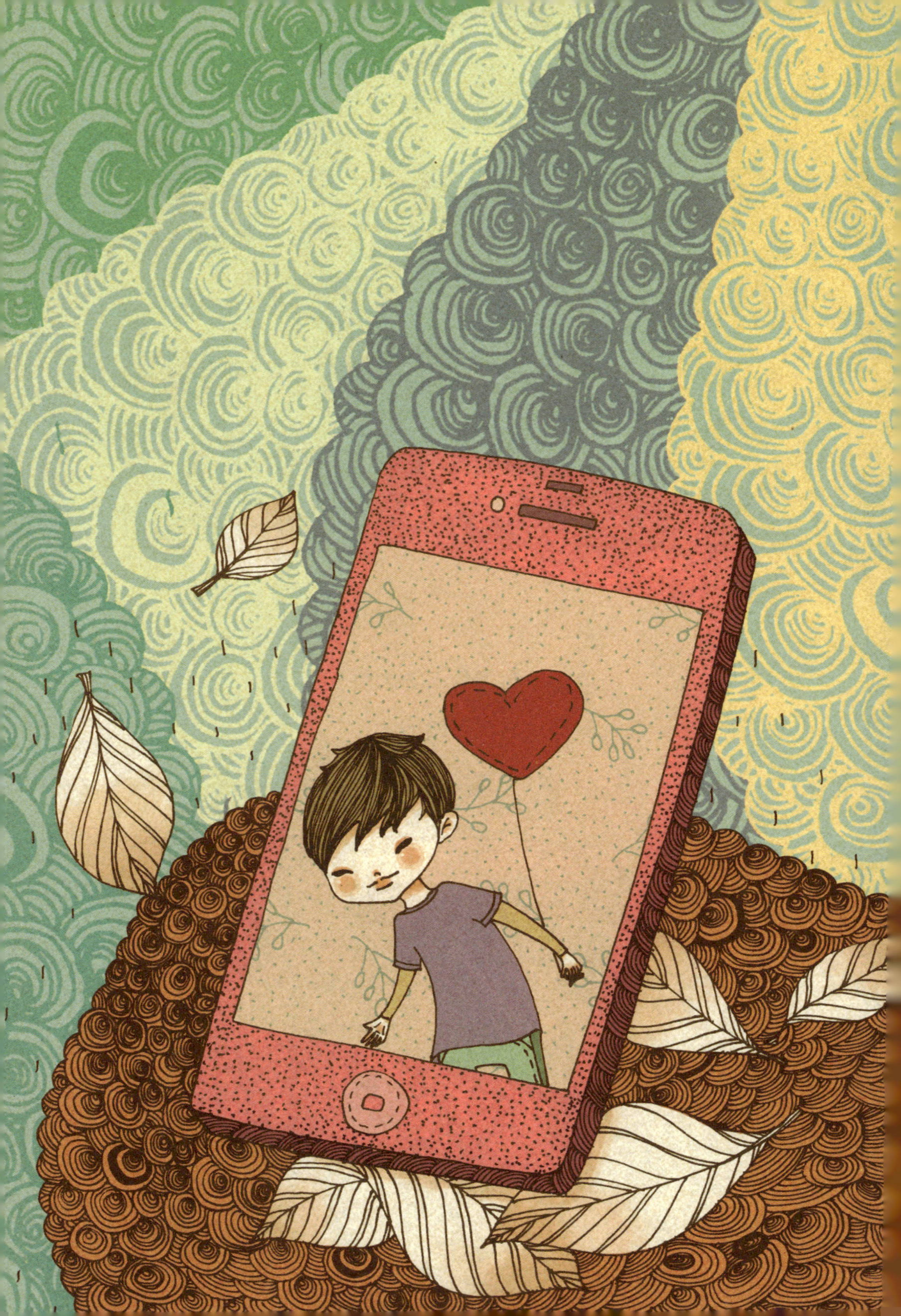

凌晨1点，
兔子小姐接到了1号男友的电话，
说绕了一圈，
他还是喜欢乐观的胖姑娘。

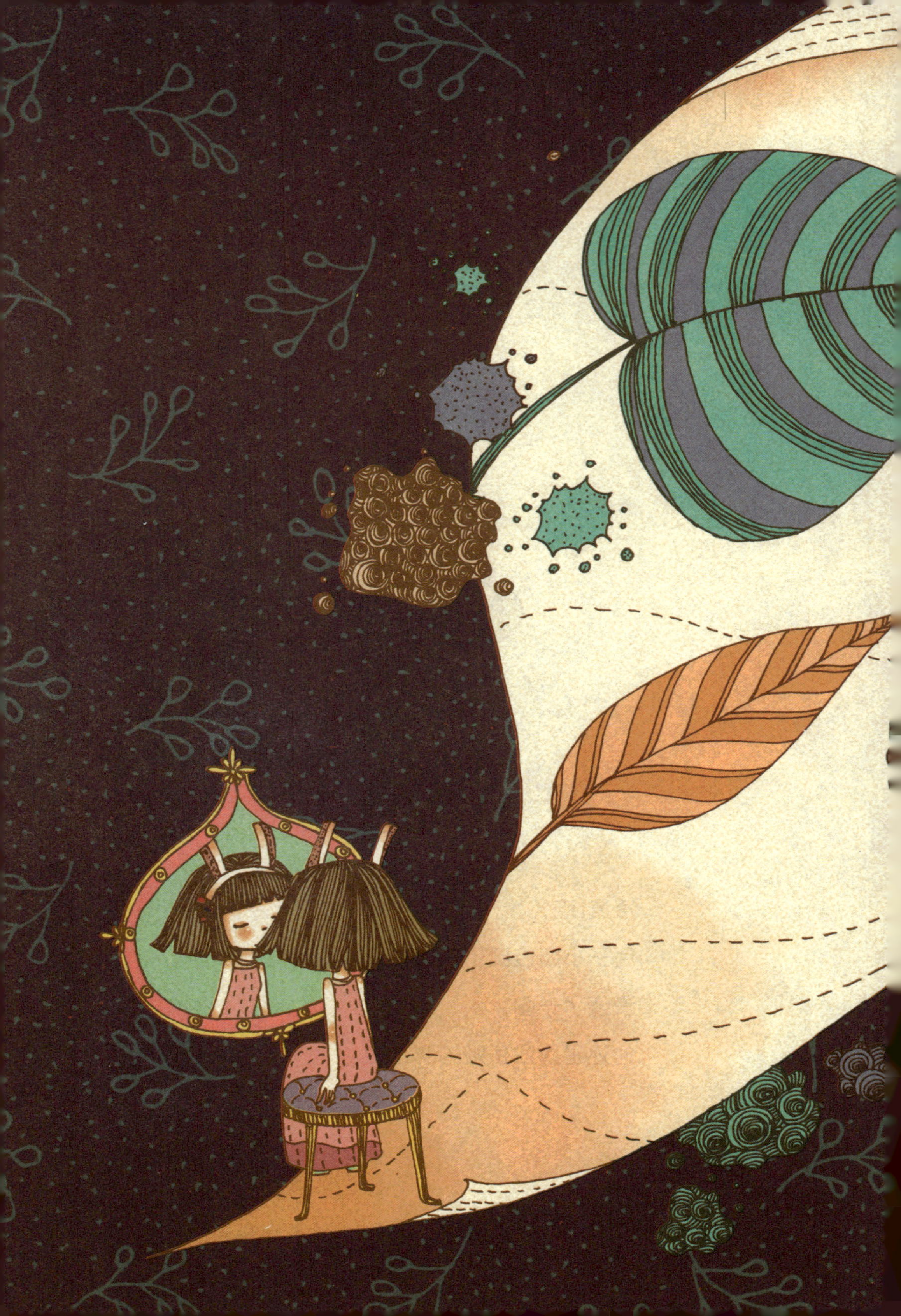

兔子小姐看着镜子里憔悴的自己，
果断地挂了电话，
在方丝巾的空白处，画上了最后一片枯叶。

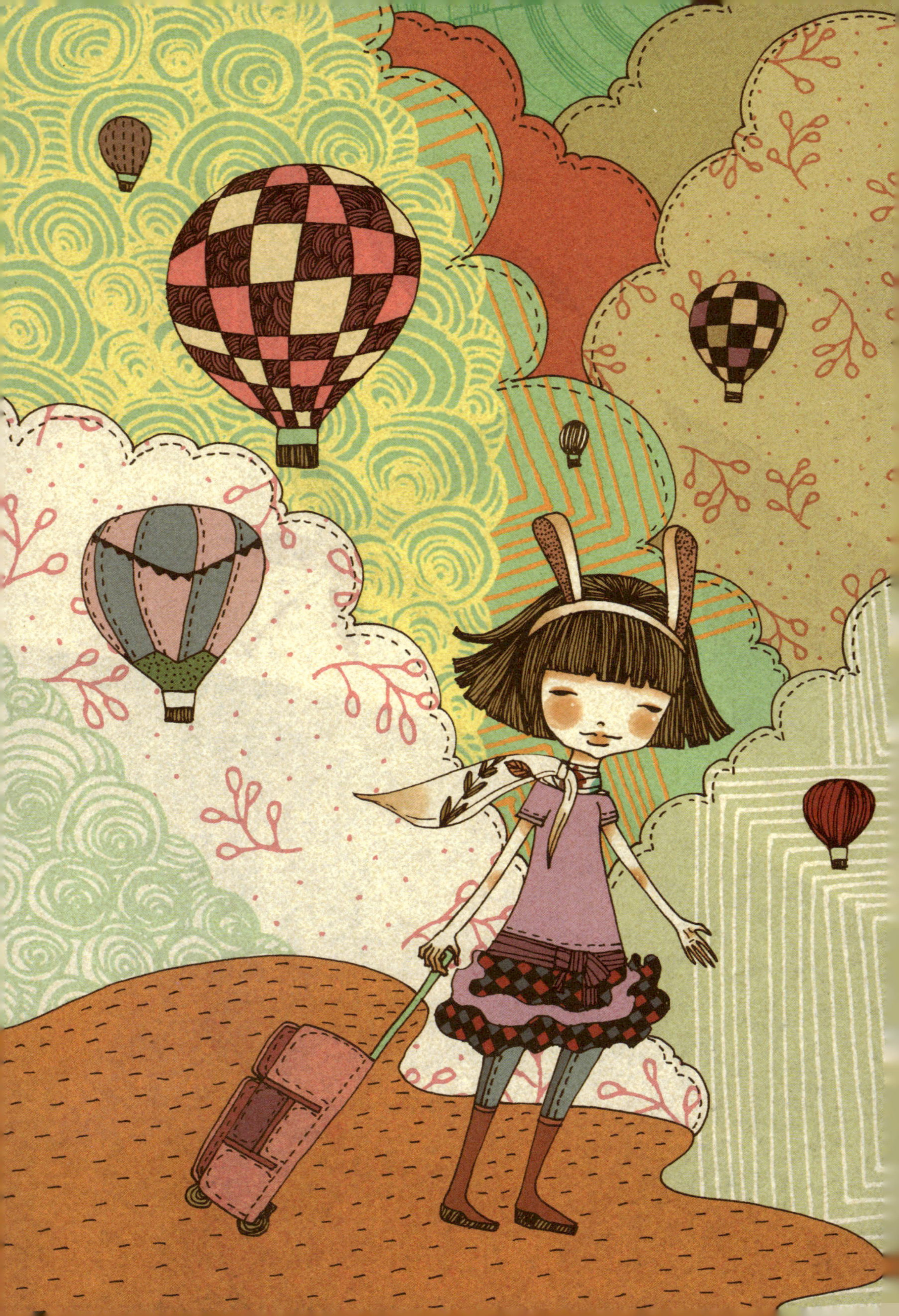

周末一早，
兔子小姐在纤瘦的颈部系上画满落叶的方巾，
她拖着箱子，开始短暂的旅行。

兔子小姐喝着下午茶，
翻了翻随手带着的相册，
已经认不出相片里笨拙嬉笑的自己了。

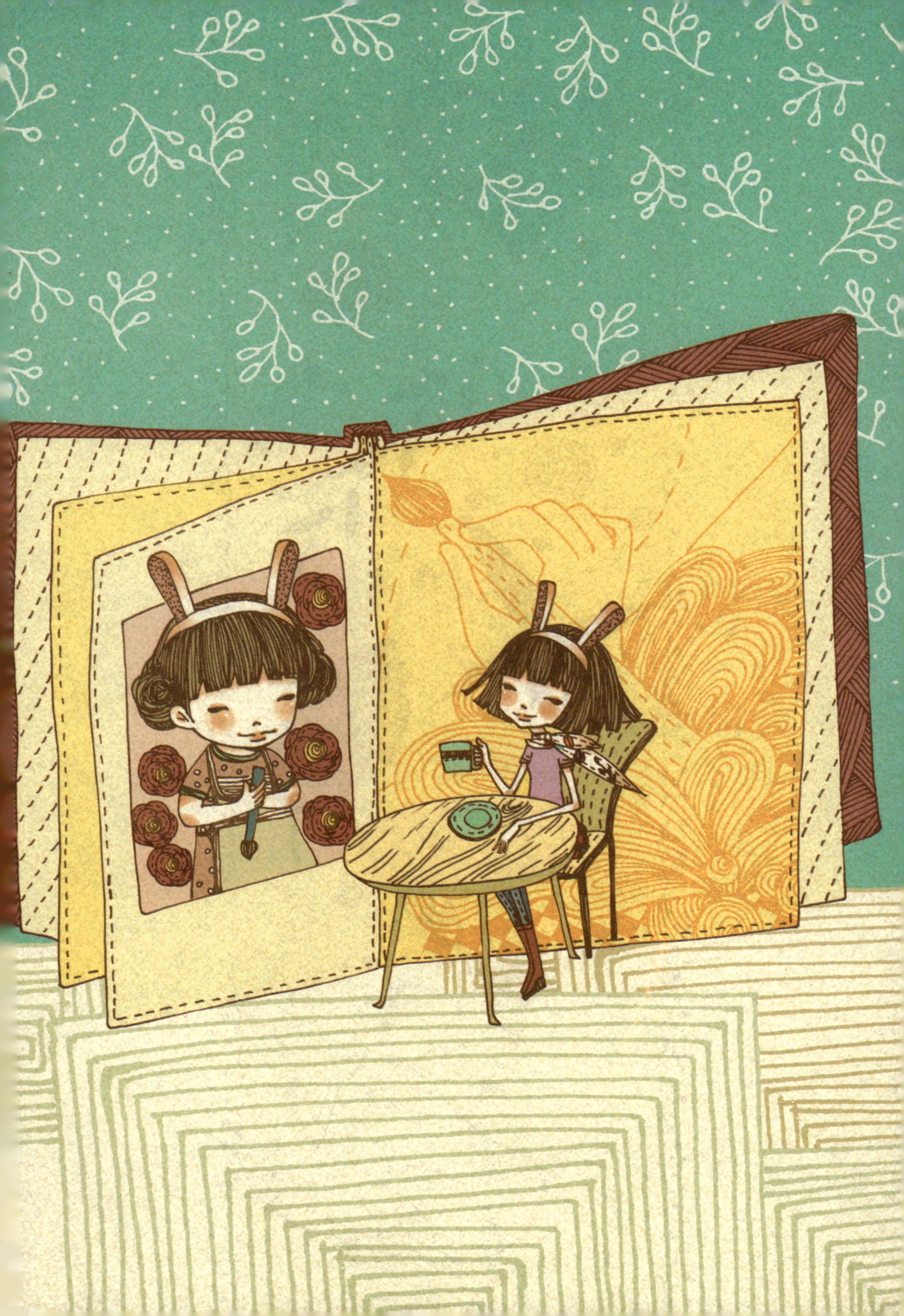

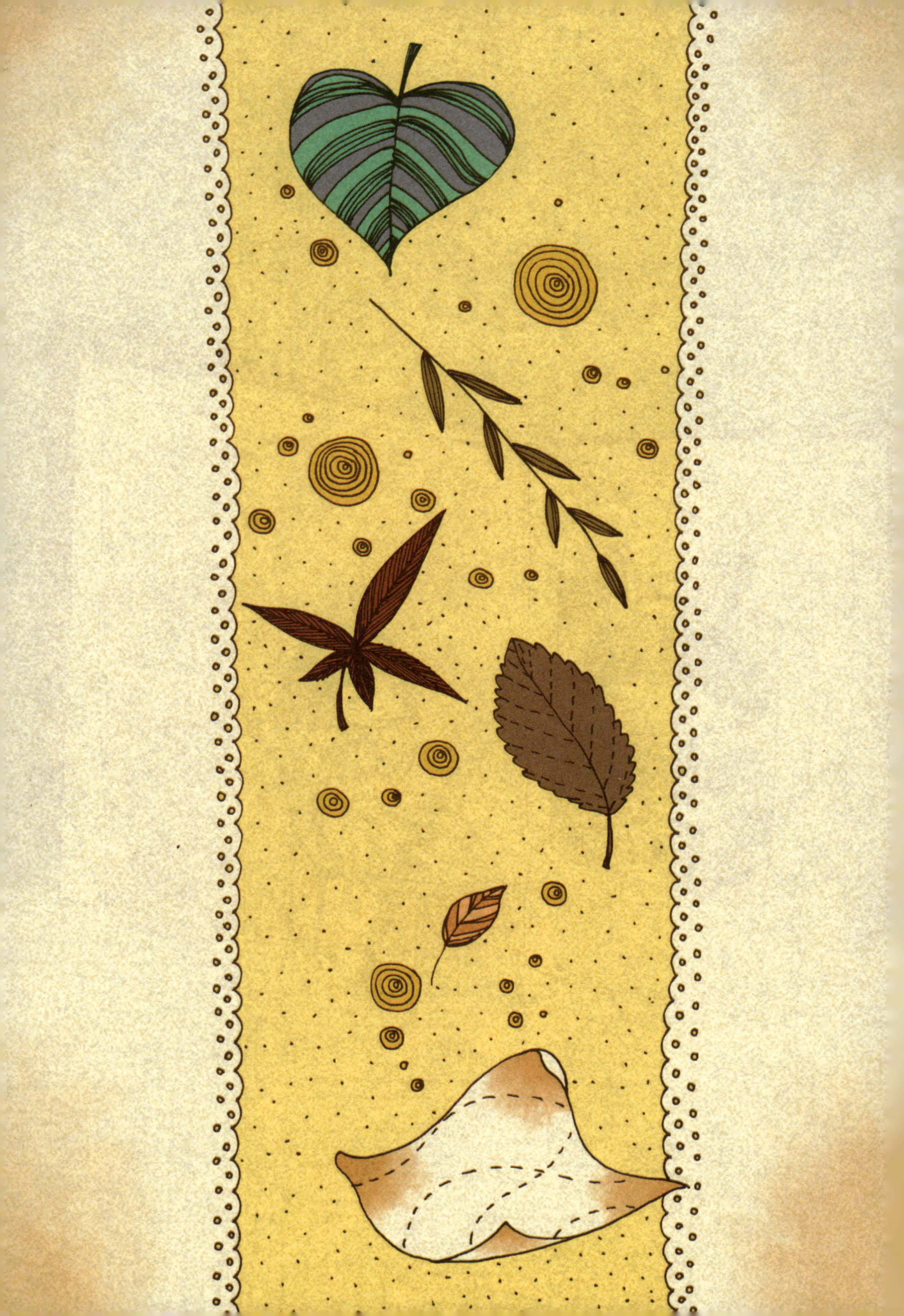

爱情却像镶满落叶的方巾，
记录满是伤痕的青春的一次次蜕变，
成就些许弥足珍贵的美好。

"你好，我是兔子先生。
可以请你吃甜点吗？"

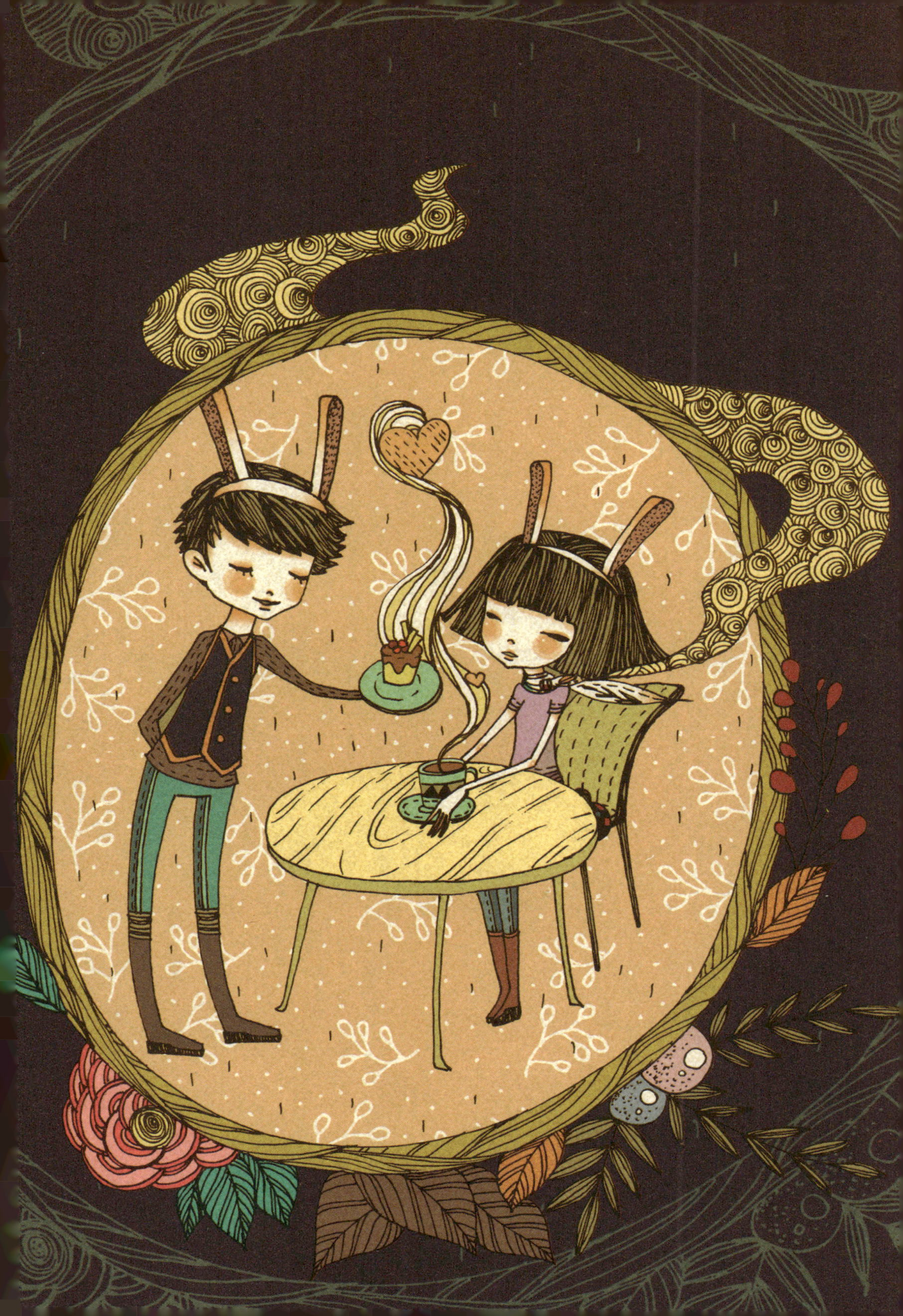

失眠日渐好转，工作室步入正轨，
我决定把叶梓给我讲的故事画出来，
书的名字叫作《写给时光的情书》。

图书在版编目（CIP）数据

写给时光的情书 / 恒兰著绘 . -- 北京：海豚出版社，2023.2
　　ISBN 978-7-5110-6125-6

Ⅰ . ①写… Ⅱ . ①恒… Ⅲ . ①诗集—中国—当代 Ⅳ . ① I227

中国版本图书馆 CIP 数据核字 (2022) 第 168464 号

写给时光的情书

恒　兰　著绘

出 版 人	王　磊
责任编辑	李文静　潘金月
策　　划	田鑫鑫
装帧设计	刘　颖
责任印制	于浩杰　蔡　丽
法律顾问	中咨律师事务所　殷斌律师
出　　版	海豚出版社
地　　址	北京市西城区百万庄大街24号
邮　　编	100037
电　　话	010-68325006（销售）　010-68996147（总编室）
印　　刷	玖龙（天津）印刷有限公司
开　　本	710mm×1000mm　1/16
印　　张	12.5
字　　数	60千字
版　　次	2023年2月第1版　2023年2月第1次印刷
标准书号	ISBN 978-7-5110-6125-6
定　　价	52.00元

版权所有，侵权必究
如有缺页、倒页、脱页等印装质量问题，请拨打服务热线：010-51438155-357